Aritmie d'Irlanda

Monica Gazzetta

Aritmie d'Irlanda

Aritmie d'Irlanda

CONTENUTI

PROLOGO

È come una maledizione che da sempre accompagna silenziosa la mia famiglia.

Ricordo la prima volta che mi è successo, la prima volta che mi sono sentita strana. Era estate e con mia madre ero stata al supermercato. Avevo dieci anni. Stavo portando un sacchetto, per me pesantissimo, in casa. Mancava qualche scalino e poi sarei arrivata. Il cuore ha iniziato a battere fortissimo, avevo paura che andasse fuori dal mio corpo. Tutto è diventato buio e sono caduta. Il medico ha attribuito il malore al caldo di quell'estate. In realtà, il mio cuore da sempre nascondeva un segreto che alla ricerca medica ancora non si era del tutto svelato. Per la prima volta, quel giorno, il mio cuore aveva battuto seguendo un ritmo tutto suo, personale. Tenendo il tempo di una melodia che solo lui percepiva.

1. RIVELAZIONI

Devo assolutamente parlarne con Daiana. Lei saprà come agire, mi consiglierà la strategia giusta da adottare. Lei mi dirà le parole giuste. Quelle del medico dubito siano arrivate anche solo alle mie orecchie.

Però forse, almeno una parola è riuscita a passare utilizzando qualche antica tecnica samurai. Magari è anche riuscita a raggiungere il mio cervello. Si può essere arrabbiati e confusi allo stesso tempo? Io lo sono. Voglio giocare a "fai venire un infarto ai pedoni suonando il clacson all'improvviso mentre ti passano davanti". Cento punti a infarto. Ne ottengo solo uno. Quello di una vecchia signora che al rallentatore attraversa la strada. Si spaventa. Poi sembra ci impieghi ancora più tempo ad attraversare, mi domando se lo stia facendo per ripicca. Qualcuno accanto alla vecchia cerca di trafiggermi con lo sguardo. Che c'è! Almeno lei la vecchiaia l'ha raggiunta! Io... e io? Non lo so.

In farmacia rimango pazientemente in fila. Non guardo nessuno, nemmeno il farmacista quando gli consegno quel foglio che mi ha dato il medico. Non voglio incrociare sguardi. Quando arrivo a casa mi butto sul divano e mi accordo con Daiana per vederci. Subito dopo sento suonare il campanello della porta di casa, apro e me la ritrovo davanti che mi saluta sorridente prima di abbracciarmi. «Stavo venendo da te quando mi hai telefonato» mi dice. Sento il tipico profumo di tinta per capelli da poco applicata. Da anni

8

ormai si colora i lunghi capelli lisci di nero blu. Le sta bene, le risalta gli occhi azzurri.

«Ciao Sara! Ma che fine hai fatto in questi giorni? Sei più pallida del solito! Non avrai mica l'influenza vero?» si allontana da me e con la mano destra disegna una croce nell'aria mentre dice «esci da questo corpo!» Ridiamo entrambe.

«No, tranquilla, sono solo un po' stanca».

Usciamo e ci incamminiamo verso il centro di Padova. Il bar è pieno di persone e c'è una musica di sottofondo che non conosco. Individuiamo un tavolo libero in fondo. Arriva subito la cameriera a portarci il menù e mentre lo sfoglio dico a Daiana che ho la Cardiomiopatia Aritmogena del Ventricolo Destro.

«Cardio cosa? È una nuova birra?» mi domanda alzando la testa dal menù con aria interrogativa. Non riesco a non ridere e le rispondo che no, non è una birra ma è una malattia del cuore.

«Dalla tua espressione, sembra che questa sia una grande sfiga!» se ne esce con un'esclamazione che può sembrare fuori luogo e priva di tatto ma è fatta così. Cerca sempre di sminuire la gravità delle cose per renderle più leggere. Io al contrario mi preoccupo troppo per tutto. In un certo senso ci compensiamo.

«Già, una gran sfiga!» rido. L'avevo pensata più come a una maledizione genetica. La maledizione del cuore che segue un ritmo tutto suo. Continua a guardarmi pensierosa.

«Ora io e te ci ordiniamo una birra e tu mi racconti tutto».

Inizio a raccontare di come sono finita in ospedale. «Poco tempo fa ho iniziato a sentirmi più stanca del solito e mi sono autodiagnosticata lo stress da esami. Una mattina mi stavo recando all'università per seguire una nuova lezione. Per raggiungere l'aula avrei dovuto affrontare delle scale. Io ho sempre odiato le scale, lo sai, mi sfiniscono. Erano lì, di fronte a me. Si presentavano come si presentano i gradini del tempio dei Maya... infiniti! Ho intrapreso di malavoglia la scalata, pensando che quell'esame avrei potuto anche sostenerlo da non frequentante, quando ho avuto la sensazione che il mio cuore si fosse spostato dalla sua attuale posizione per finirmi in gola. Voleva tutta la mia attenzione. La visuale si è fatta più scura, le orecchie hanno iniziato a fischiare e sono svenuta. Non so come sono finita in ospedale. Lì poi hanno deciso di ricoverarmi».

«Qualcuno avrà chiamato un'ambulanza. Mica ti ci sei teletrasportata! Scusa, ti ho interrotto, continua. Poi? Ti hanno sottoposto a degli esami? Hai fatto da cavia per qualche loro esperimento?» rido. Per Daiana negli ospedali si effettuano continui esperimenti sulle persone.

«Mi hanno sottoposto a un elettrocardiogramma, mi hanno messo un qualcosa che si chiama Holter... credo. Sinceramente non ci ho capito molto. Una cosa è certa, quegli esami mi hanno stancata, per un attimo ho pensato di morire. Poi il medico mi ha chiesto della mia famiglia e se in passato mi era successo qualcosa di simile. Ho raccontato di mia madre, della salute di ferro di mio padre, di quello che mi era successo in passato e del mio primo svenimento quando avevo dieci anni».

«Aspetta. Ti era già successo di svenire nello stesso modo in passato?» alza una mano come per fermarmi. «Non mi hai mai detto nulla!»

«Sì. La prima volta avevo dieci anni e stavo aiutando mia madre a portare la spesa in casa. La seconda ero alle superiori. Era fine maggio e a scuola ci stavamo preparando per l'esame di maturità. Il terrore di non riuscire a superare gli esami alle volte mi bloccava. Sentivo il mio cuore iniziare a battere in modo irregolare. Durante una simulazione della terza prova ho risentito quei particolari battiti, poi sono svenuta. Quando mio padre è venuto a prendermi ha chiamato immediatamente il nostro medico di base. Il giorno successivo mi ha visitata e gli ha comunicato che la causa era da attribuirsi allo stress. Stress da esame. Sì, certo, come no! Stress da esame! Sapevo che qualcosa non funzionava, sapevo che il mio cuore a volte sbaglia ritmo. Senza chiedere il permesso, lui sceglie di cambiare il ritmo. Sembra che la routine non gli piaccia. Ma forse per paura o per ignoranza non ho mai insistito sulla questione. Scusa se non ti ho mai detto nulla al riguardo».

«Ormai è fatta. Sinceramente, avrei reagito esattamente come te» annuisco e lei mi fa segno di continuare.

«Dico al medico che ho una nonna e che abita in Irlanda... da piccola ci passavo le vacanze estive, ma è da quando è morta mia madre che non la sento e non la vedo. Lui mi ha chiesto se fosse la nonna materna ed io ho detto di sì. L'ho visto scrivere e segnare tutto con aria professionale. Annuiva ogni tanto come per darmi il segnale che aveva capito. Lì ho avuto la conferma che il mio cuore segue un ritmo tutto suo. Ho iniziato a non seguirlo più, vedevo la sua bocca che si muoveva ma coglievo solo qualche parola come cardiomiopatia aritmogena del ventricolo destro e genetica e non puoi. Ho pensato subito che qualsiasi azione avessi intrapreso sopra le righe mi avrebbe portata alla morte improvvisa. Sopra le mie righe che, a quanto sembra, sono molto più basse di quelle delle altre persone. Ho pensato che se dovessi correre per non perdere l'autobus sarei potuta morire. Ho pensato a mia madre, morta per mano della mia stessa malattia. Ho pensato che non volevo chiamare mio padre perché era al lavoro. Muovevo la testa su e giù ogni tanto per comunicare al medico che lo stavo seguendo e che avevo capito. Ho mentito. Mi ha prescritto un qualcosa, mi ha consegnato il foglio e io l'ho preso. In farmacia ho ricordato. È un betabloccante, ne devo prendere una compressa due volte al giorno».

«Ricapitolando: tua madre è morta per quello che hai anche tu, tuo padre è ok, la nonna va contattata assolutamente visto che è qualcosa di genetico e vanno avvisati tutti, hai un farmaco da prendere e tuo padre non ne sa nulla?»

«No, lui non sospetta minimamente questo problema».

«Sai, secondo me dovresti andare da tua nonna in Irlanda. La chiami e la raggiungi. Dicono sia fantastica e può essere anche un modo per distrarti un po'. Poi da lì chiami i tuoi parenti e li vai a trovare».

«Uhm... dici? Non l'avevo considerata come ipotesi» per Daiana è tutto facile. Problema, soluzione. Se poi la soluzione comprende viaggi o persone nuove da conoscere, tanto meglio. Io non sono così diretta. A volte, però, è così entusiasta che mi faccio trascinare. Ed ecco che l'idea di partire per l'Irlanda, ora, mi sembra perfetta e... semplice.

«Sì, insomma, è sempre più emozionante che telefonare a persone sconosciute ed avvisarle di una possibile malattia genetica che potrebbe essere letale!» mi ritrovai con il pensiero catapultata nella casa di nonna. Non ricordo nulla di quelle estati ma ricordo il profumo dell'oceano. Si può ricordare un profumo? Non lo so ma a me sembra di sì.

«Mi sembra un'ottima idea Daiana! Farò proprio così!»

«Poi... dobbiamo coprire le tue lacune».

«Quali lacune?»

«Quelle che hai della tua malattia!»

Prende il cellulare in mano e velocemente inizia a digitare qualcosa.

«Come hai detto che si chiama?»

«Cardiomiopatia Aritmogena del Ventricolo Destro».

«Bene». Dopo qualche secondo inizia a parlare in medicalese, quel linguaggio medico incomprensibile a noi gente comune.

«Le cardiopatie a impronta aritmica sono delle malattie del cuore che hanno come sintomo prevalente le aritmie. Hanno quasi tutte una base genetica e sono fondamentalmente il prolasso della valvola mitrale, la sindrome del QT lungo, la sindrome dell'ST sopralivellato nella precordiali destro (sindrome di Martini-Nava-Thiene o sindrome di Brugada), la cardiomiopatia ipertrofica, le aritmie ventricolari polimorfe da sforzo, le miocarditi acute e croniche, la cardiomiopatia aritmogena del ventricolo destro. Esistono poi numerose aritmie che non trovano una spiegazione in una patologia cardiaca e sono per questo definite idiopatiche. L'Associazione Giovani e Cuore Aritmico è un'associazione Onlus che apre le porte a tutte le persone, e soprattutto ai giovani con questo tipo di aritmie ma che ha focalizzato la sua attenzione, per motivi storici, data l'elevata frequenza di questa malattia nei giovani, sulla Cardiomiopatia Aritmogena del Ventricolo Destro» mi guarda come se ora tutto fosse chiaro e limpido.

«La sua definizione bla bla bla questo non ci interessa. Oh! Anche qui dice che è genetica! Si tratta di una malattia genetica e quindi familiare, eccetto nei casi nei quali il soggetto affetto presenta una mutazione non presente in nessuno dei due genitori. Se uno dei due genitori è portatore di questa malattia ogni figlio ha il 50% di probabilità di ereditare la mutazione del gene-malattia. Ereditare la mutazione non vuol dire automaticamente essere ammalati, bensì essere a rischio di sviluppare la malattia. Questo dipende dal grado di penetranza del gene nei soggetti con la mutazione: se la penetranza è alta la probabilità di ammalarsi è elevata, se è bassa la malattia può non manifestarsi per tutta la vita. Perciò se per alcuni pazienti la presenza di altri casi di malattia nella propria famiglia è chiara, per altri non è evidente. Ciò è dovuto al fatto che spesso le famiglie hanno pochi membri esaminati dal punto di vista medico, essendosi perso il contatto con altri rami della famiglia».

«Quindi i miei nonni potrebbero essere portatori sani».

«Esatto. Qui c'è qualcosa di interessante. Sembra che non sia facile da stanare! Dunque, in numerosi casi avviene che la malattia non si esprima e gli esami cardiologici siano negativi. Tuttavia bisogna considerare che in genere i segni clinici della Cardiomiopatia Aritmogena del Ventricolo Destro insorgono nell'adolescenza e nella prima giovinezza (15-25 anni) per cui è raro trovare persone ammalate in tenera età ed è necessario fare dei controlli periodici per valutare un'eventuale insorgenza della malattia nel tempo».

«Beh, forse io sono un caso raro o veramente sono stata male da piccola a causa del caldo».

«Non lo scopriremo mai» risponde serafica.

«Sintomi principali» continua «cardiopalmo, ovvero sensazione di battito irregolare, in cui il normale ritmo cardiaco regolare viene interrotto da un battito anticipato, seguito poi da una pausa. A volte il battito anormale può essere veloce e fastidioso. Sincope, ovvero perdita improvvisa di coscienza con caduta a terra. Quando l'aritmia è particolarmente grave» Daiana si interrompe facendo un lungo respiro «può portare a morte improvvisa». Un brivido freddo mi attraversa la schiena e ripenso a mia madre. Ordiniamo due birre e smettiamo di leggere, ma ormai la mia testa è piena di domande. Chi sono i miei parenti? Da dove vengo? Devo riuscire a contattare la mia famiglia in Irlanda, devo ricostruire la mia storia. La mia sfumatura genetica è collegata, probabilmente, a qualcun altro. Mamma... come avresti affrontato tutto questo? Con la tua solita allegria e spensieratezza? No, tu saresti partita. Sì, tu avresti affrontato con coraggio questa situazione e saresti già in volo per l'Irlanda. Come Daiana: problema, soluzione.

2. UNA FETTA DI MONDO

La mattina seguente, accendo il computer e cerco il sito internet dell'associazione, voglio sapere di più. Decido di parlare con qualcuno.

Trovo il numero di telefono. Fisso i tasti del cellulare e mi chiedo se sia la strada giusta. Potrebbero dirmi nulla di più di quello che ho appreso con Daiana. O forse no. Dopo il secondo squillo, una voce di una ragazza che sembra giovane, risponde. Ascolta con pazienza le mie cinque frasi sconclusionate e poi risponde che sì, fra un paio d'ore c'è un medico con cui potrei parlare. È troppo presto? Rispondo che no, non è troppo presto, abito vicino. Ci sarò. Mi dice di portare con me tutti gli esami svolti. È tutto così irreale, come se non stesse succedendo a me ma a qualcun altro. Sono io ma non sono io. Non me lo so spiegare. Penso che la mia repulsione verso qualsiasi forma di sport, compresa l'educazione fisica, mi abbia in qualche modo tutelato. Penso che quello che è successo a mia madre poteva non accadere.

La sede è al secondo piano di una palazzina residenziale. Ovviamente scelgo l'ascensore alle scale. Maledette scale! Il nostro rapporto, se mai ne è esistito uno, è irrecuperabile!

La porta è una di quelle massicce, blindate. Suono il campanello. Mi accoglie una ragazza giovane e mi fa accomodare su un divano rosso a due posti posizionato vicino alla porta d'entrata. Squilla il telefono in un'altra stanza, la ragazza si scusa e sparisce. Mi guardo in giro e noto montagne di riviste e di libri posizionati in un'immensa libreria che copre tutta la parete destra della stanza.

Sento dei passi, mi volto e mi imbatto in un sorriso che illumina il volto amichevole di una donna. Ha i capelli biondi tagliati corti e due grandi occhi castani. Indossa un completo color vaniglia.

«Buongiorno» accenno timidamente.

«Tu devi essere Sara. Io sono Milena. Dammi pure del tu».

Dopo i convenevoli entriamo in un'ampia stanza dalle pareti bianche. Il centro è occupato da un lungo tavolo in legno. Cartelloni, striscioni e volantini, presumo dell'associazione, sono sparsi qua e là.

«Accomodati pure».

Mi siedo ed attendo.

«Hai portato i tuoi esami?»

«Sì» li estraggo dalla borsa e glieli porgo. Lei li sfila dalla busta che li conteneva e inizia a guardarli. Le racconto tutto ciò che mi riguarda e poi apro bene le orecchie, per ascoltare tutto quello che sta per dirmi Milena. E lei inizia a parlare con una voce amica e rassicurante. Mi dice che non sono sola, ci sono molti altri come me. Racconta del calvario che hanno dovuto passare alcune persone ma anche di tutte quelle prese in tempo grazie a una tempestiva diagnosi. Ognuno ha la sua storia personale e ognuno la vive e la affronta a modo suo. Sottolinea l'importanza del farmaco che mi protegge dal punto di vista cardiologico e mi permette di vivere una vita quasi normale, nonostante i suoi effetti collaterali. L'alimentazione! Anche quella è importantissima. Bisogna tra le altre cose prestare attenzione al potassio e reintegrare i liquidi in situazioni come, per esempio, l'influenza.

Annoto tutto. Mi sono portata un quaderno da casa per poter prendere nota di tutte le informazioni. Scelta saggia, considerando che ascoltavo attentamente ma la mia mente non ne voleva sapere di immagazzinare nulla. Mi comunica di limitare l'attività fisica e, in caso, di aiutarmi con un cardiofrequenzimetro.

«E mi raccomando i controlli periodici. Sono molto importanti per tenere sotto controllo la malattia».

A casa mi lascio letteralmente cadere sul letto e rileggo gli appunti. Sono da poco entrata a far parte di una nuova fetta di mondo. Ci sono dentro anche tutti i miei parenti, solo che, forse, ancora non lo sanno.

Alzo gli occhi e guardo il mio personale cielo. Alcune nuvole grigie se ne vanno e lasciano il posto a qualche spicchio di cielo azzurro. Ormai ho deciso: partirò.

3. UNA TELEFONATA INTERESSANTE

Sento la porta di casa aprirsi e una voce famigliare che urla «Saraaa, sono tornato!» è la voce di mio padre. Mi alzo dal divano e gli vado incontro. Lo abbraccio e gli chiedo come è andato il viaggio di lavoro.

«Benone! Sono anche rientrato prima! Ma cosa ci fai al buio?» mi domanda. Gli rispondo che stavo guardando un film e subito dopo mi blocco. Lo guardo e gli voglio dire tutto, tutto quello che è successo, cosa ho scoperto, con chi ho parlato, ma soprattutto, la mia decisione di contattare la nonna. Non riesco a parlare, ci provo ma le parole mi muoiono in bocca, da lì non esce nessun suono.

«Cosa c'è Sara? Stai bene? Sei diventata pallida all'improvviso».

«Io... io... devo parlarti papà. Non sto bene... io...» non riesco a finire la frase, mi si svuota improvvisamente la mente, la gola mi si secca e non riesco più a continuare.

«Che cosa? Cosa stai dicendo Sara?» la sua voce è preoccupata, ma dal suo sguardo capisco che si sta alterando. Lancia il suo lungo cappotto nero verso l'appendiabiti. Mi domando come, ma riesce a centrare il bersaglio e il cappotto si appende praticamente da solo, atterrando su un manico. Si dirige con un'espressione che non mi piace verso la cucina, accende la luce e si siede. Con la stessa espressione a metà tra il preoccupato e l'alterato mi domanda «E allora? Cosa devi dirmi?»

Lo raggiungo e mi siedo di fronte a lui. Gli chiedo se vuole qualcosa da bere e mi risponde con un no secco. La sua espressione cambia e ora sembra stia cercando di leggermi nel pensiero. Inspiro profondamente ed espiro a lungo. Poi, gli spiattello tutto.

Inizio col dire il nome della malattia che mi è stata diagnosticata e che cosa comporta. La sua espressione diviene neutra. Continuo partendo dall'inizio e il suo viso non cambia. Sembra che qualcuno abbia schiacciato il tasto pausa per lui e abbia deciso di mandare avanti solo me. Termino comunicandogli il collegamento tra la morte della mamma e la mia malattia. Dico che voglio chiamare la nonna, che voglio parlarle per capire se ho dei parenti, se sa dove siano e che voglio comunicare loro la possibilità che siano malati. Se non mi dovessero ascoltare, del resto non so neanche se sanno che esisto, andrò da loro, ovunque siano.

Ho la sensazione di non aver respirato per tutto il tempo. Lo guardo con aria colpevole per non averlo informato subito e gli chiedo scusa. Non volevo farlo preoccupare mentre era al lavoro. Non si muove, non parla, il tasto pausa probabilmente è ancora premuto.

«Stai bene?» domando con voce incerta.

«No Sara, non sto bene. Mi hai praticamente detto che... che quello che... hai è la stessa cosa che aveva... insomma, lei è... è morta per colpa di... potrei perderti così come ho perso...» non ci riusciva. Non riusciva a nominarla. Da quando mia madre è morta, lui è cambiato. Ha continuato a lasciarmi tutta la libertà che chiedevo, ha continuato a sostenermi in tutte le mie scelte ma non ha più sorriso come sorrideva un tempo. Non abbiamo più trascorso l'estate dalla nonna in Irlanda e so che hanno litigato telefonicamente. Lei lo ha incolpato della morte della figlia, urlava che il loro stile di vita era troppo veloce ed oppressivo. Diceva che mia madre non era fatta per correre di qua e di là, non era fatta per vivere in un ambiente inquinato e caotico. Questo era il motivo della sua morte. Un infarto non poteva colpire una donna così giovane. La colpa era solo e soltanto sua. Lui ha risposto che lo stile di vita non c'entrava nulla con l'infarto. Io li stavo ascoltando dalle scale. Dopo quella volta, non siamo più rimasti in contatto. Ero una bambina, non ho domandato nulla. Ero sola con mio padre e una nonna arrabbiata dall'altra parte del telefono. Lei non chiese mai di me. Con il tempo, quella nonna lontana venne chiusa in un cassetto della mia mente insieme ai ricordi di mia madre.

«Parto per l'Irlanda e ho bisogno del numero di telefono della nonna. La voglio avvisare del mio arrivo. Starò attenta e ti terrò aggiornato su tutto. Conosco il motivo per cui è arrabbiata con te. Ma vedrai che capirà. Le spiegherò tutto e lei capirà». Alza lo sguardo. In mezzo alla tristezza dei suoi occhi vedo una consapevolezza. Anche per lui, un pezzo di puzzle è andato al suo posto. Ora anche lui conosce il vero motivo della morte di mia madre.

«E se ti sentissi male mentre sei da sola?» me la spara dritta in faccia quella domanda. Non mi era neppure passata per l'anticamera del cervello. Cosa succederebbe se dovessi sentirmi male mentre sono da sola? Cosa? Morirei? Mi risveglierei in un ospedale d'Irlanda con un defibrillatore nuovo di zecca nel mio corpo? Inizio a ripetermi che non succederà. Andrà tutto bene. Respiro profondamente.

«Perdonami... non volevo, è che sono preoccupato». Si avvicina e mi abbraccia.

«Starò attenta, te lo prometto». La possibilità che io mi senta male c'è, non lo posso mettere in dubbio. Ma è anche vero che non posso lasciare alla paura il timone della mia vita. Mi bacia la fronte e poi torna a sedersi. Anche lui scaccia le sue paure.

«Quando parti?»

«Domani».

«Domani? Così presto?»

«Sì, papà. Non posso aspettare».

«Perché non hai chiesto a Daiana di venire con te?» giusta

domanda.

«Perché è impegnata e perché è un qualcosa che voglio affrontare da sola. Ne ho bisogno».

«Va bene. Ma sappi che tua nonna ha una testa più dura del pane che abbiamo in fondo al congelatore da due mesi. Se lei ti dovesse dire che non vuole vederti, stai pur certa che non le farai cambiare idea».

«Ho già acquistato il biglietto. Andrò da lei qualunque sia la risposta». La sua espressione cambia e anche la mia. Ridiamo insieme. Ora so da chi ho preso la mia testa dura.

Mi ritrovo a fissare il cellulare. È solo un numero di telefono ma racchiude tutto. Tutto ciò che per me in questo momento è importante.

Mi decido a comporre il numero. Il cellulare emette quel particolare suono che si sente quando si contatta una persona fuori dall'Italia. Non risponde nessuno. Non mi arrendo e riprovo. Al secondo squillo risponde una voce femminile di una persona anziana. Quella voce si aggancia a un ricordo dentro di me e prende vita. La riconosco e dalla gioia urlo «Nonna! Nonna sono io, sono Sara!» Dopo un breve silenzio mi sento rispondere seccamente: «Signorina, non conosco nessuna Sara e non sono sorda. Anche se la mia età è avanzata e probabilmente dovrei esserlo, non lo sono».

«Nonna... sono tua nipote. La figlia di Fiona O'Connor!»

«Ma certo, come ho fatto a non riconoscerti! Quanto tempo! Ma come stai? È successo qualcosa che mi chiami? Dimmi la verità!»

«Nonna, ecco io...» prendo coraggio «io vorrei venire a trovarti a Doolin. Ho delle cose da dirti, importanti. Secondo i miei calcoli dovrei arrivare da te domani in serata. Se...» vengo improvvisamente interrotta da mia nonna che urla in una lingua a me all'inizio incomprensibile. Poi le parole si traducono da sole nella mia mente, è irlandese. Mia madre me lo insegnò ancora prima dell'italiano. «Mícheál!

Mícheál! Spegni subito quell'aspirapolvere! Non vedi che disturbi i clienti? Ricordami perché ti ho assunto per favore, visto che non riusciresti ad organizzare una gara di torte in una pasticceria!»

«...nonna?»

«Scusa. Dicevamo?»

«Sì, che domani sera dovrei essere da te. Abiti sempre nella stessa casa a Doolin? Perché mi sembra di aver capito che questo non è il numero di telefono di casa».

«Cinque anni fa ho trasformato una parte della mia proprietà in una Guest House. Il turismo qui non manca. Ho tenuto il mio vecchio numero di telefono. Ma Sara, vieni! Puoi venire da me quando vuoi! È da molto che non ti vedo. Sicuramente è tutta colpa di tuo padre, chissà cosa ti avrà mai raccontato di me!»

«Papà non ha colpa. Ti racconterò tutto quando ci vedremo. A domani sera».

«Sì, a domani allora... Mícheál! Sorridi ai clienti! Così li terrorizzi! Quello non è un sorriso! Sembra una minaccia di morte!» La sento ancora parlare in irlandese e subito dopo il telefono diventa silenzioso.

Rimango un po' stupita e allo stesso tempo affascinata dalla conversazione. Non ho ricordi riguardanti il carattere di nonna. Tutte le nonne che ho conosciuto sono dolci e amorevoli. Non mi sembra che queste siano caratteristiche da attribuire alla mia. Ma devo ancora conoscerla. Anzi, riconoscerla.

Decido di raggiungere Doolin in macchina partendo da Dublino, nonostante la preoccupazione per la guida al contrario. Un'immagine riaffiora nella mia mente chiara e limpida: le Cliffs of Moher, le famose scogliere d'Irlanda. Ricordo una giornata limpida, il colore dell'Oceano uguale a quello del cielo, la finissima linea dell'orizzonte che ti indica dove finisce uno e dove inizia l'altro. In alcuni tratti un forte vento non mi permetteva di continuare né a respirare né a camminare e il verde brillava come se fosse illuminato da potenti fari. Ricordo la voglia di volare libera sopra l'Oceano come gli uccelli e sfidare la forza del vento e mia madre che mi dice: «vedi Sara, in quanto a bellezza e forza la natura vince, sempre. Non ha rivali. Non li ha mai avuti e mai li avrà.»

4. BUONGIORNO, IRLANDA

Il volo per Dublino dall'aeroporto di Treviso non presenta ritardi. Passo gran parte del tempo a guardare fuori dal finestrino e dopo circa un'ora mi addormento. Vengo svegliata dalla voce che indica di allacciarsi la cintura di sicurezza e iniziamo a scendere a destinazione. Circa mezz'ora dopo riconosco la mia valigia distesa sul nastro trasportatore. Mentre si avvicina apprendo quello che può essere definito come uno spiacevole inconveniente: una delle sue ruote la precede. Alzo gli occhi al cielo e penso che l'inizio non è dei migliori, forse è un segno? Scuoto la testa, assolutamente no. Riesco comunque a trascinare la valigia, con all'interno la sua ruota, fino al noleggio auto. Mi presento al signore allo sportello ed inizio subito a pensare a come sia possibile guidare dalla parte opposta. La mia espressione deve essere un misto tra terrore per la guida e rabbia per la valigia. Forse più terrore. Ma sorrido, me lo impongo.

Salita in macchina, impiego un po' per ricordare come funziona il cambio manuale, da anni sono abituata a quello automatico. La macchina muore due volte, noto che qualcuno mi osserva dubbioso e una signora anziana si fa il segno della croce. Probabilmente quel gesto mi ha aiutata perché parto alla grande al tentativo numero tre.Ripasso il percorso mentalmente: arrivare alla M50, prendere la M4 e poi la M6 per Galway. Continuare sulla N6. Prendere l'uscita verso L4023, Arcadia in direzione di Abbey Rd e dovrei arrivare ad Athlone. Tappa scelta per pranzare prima di proseguire per Doolin, circa a metà strada. I cartelli sono tutti scritti in duplice lingua: irlandese e inglese.

Riesco a non perdermi e combatto contro il mio istinto di andarmene con l'auto sulla corsia alla mia destra. Ritardo secondo la mia tabella di marcia di circa 20 minuti ma direi che è già un miracolo che io sia arrivata. Riesco a parcheggiare in una stretta stradina in salita dopo svariate manovre.

Rimango subito colpita dal colore degli edifici. Non vi è alcuna logica. Un negozio ha una facciata gialla e una blu, una casa accanto invece è rosa confetto. Dopo un primo giro vedo subito il castello, costruito dai normanni nel 1210. Non vi è rimasto molto ma, dopo una rampa di pietra, circondata da quello che rimane delle mura, ci si ritrova davanti a un portone in metallo. Allungo una mano, la pietra è fredda e umida. Ha lo stesso colore del cielo. Superato quello vi è uno spiazzo dove, ai lati, sono presenti dei cannoni e al centro si erge una torre. Non ha il soffitto. Si può ammirare parte della città e il suo fiume.

Mi attira un ristorante completamente giallo con infissi rossi. Forse è solo la mia percezione, ma credo sia pure storto. Decido di pranzare in quel posto e poco dopo mi ritrovo dentro il Kin Khao Thai. Non riesco a guardarmi intorno per più di cinque secondi che subito mi si avvicina una ragazza del personale. Cordialmente mi chiede se sono da sola e al mio assenso, mi accompagna al piano superiore. Il mio tavolo è per quattro persone ed è vicino alla finestra. Fuori vedo solo una strada e qualche bizzarra casa bicolore. Con l'acquolina in bocca agguanto il menù, non sono piatti tipici irlandesi ma il locale è elegante, il personale è cordiale e ho un'improvvisa voglia di cibo thailandese.

Finito di pranzare mi siedo sulla riva del fiume Shannon. La giornata è soleggiata e vorrei fermarmi di più. All'improvviso sento uno strano rumore provenire da sinistra. Il tempo di girarmi e capire cosa sta per succedere che mi ritrovo fianco a fianco a una colonna di pioggia. Sembra che mi indichi... vuole proprio me. Indosso il cappuccio del giubbotto e mi alzo in velocità per spostarmi ma sono in ritardo. La colonna mi passa sopra e ghignando prosegue. Sono fradicia e il sole continua comunque a risplendere ignaro di tutto. Non ci posso credere. Mi guardo intorno ma ci sono solo io.

Rientro nella N6, poi seguo la M6 fino a Galway. Uscita 19 e seguo le indicazioni per la N18. Seguo la N18 e la N67 in direzione R479 verso la contea del Clare. Concentrata nella guida e felice di non aver causato incidenti, inizio un tratto di strada alquanto ostico. È stretto e la macchina sobbalza come se milioni di talpe avessero deciso in quel momento di attentare alla mia stabilità su strada. Sono in salita e attorno a me ci sono solo alberi. Temo per il destino del mio pranzo. «Rimani dove sei» mi ripeto mentalmente. La sensazione di essere attaccata dalle talpe dura un tempo che per me sembra infinito. Quando termina, proseguo su un qualcosa che può essere chiamata strada e inchiodo improvvisamente dopo una curva. Pecore! Ci sono delle pecore sulla strada! Non mi sembra vero. Provo a suonare il clacson, inutilmente. Qualcuna di loro si volta e mi fissa. È chiaro che non hanno la minima intenzione di spostarsi. Sono loro le padrone della strada. Inizio a innervosirmi e scendo dall'automobile.

«Via! Spostatevi! Devo passare!» urlo alle pecore e rinforzo le mie parole con la mimica delle braccia. Niente. Qualcuno mi saluta. Mi volto e un'altra automobile è ferma dietro alla mia. Un anziano signore mi guarda sorridendo e mi saluta di nuovo. Io ricambio. Si avvicina e mi chiede da dove vengo. Rispondo dall'Italia e lui annuisce. Capisco che è irlandese e gli chiedo se conosce un sistema per spostare le pecore dalla strada, ho fretta. Lui annuisce e sorride. Inizia a parlare del tempo, della sua famiglia, del suo vecchio cane cieco. Continua a parlare e sposta continuamente lo sguardo dietro di me sorridendo. Sorride alle pecore? Io annuisco e poi alzo gli occhi al cielo. Veloci nuvole grigie sembrano impegnate in una gara di corsa. Il sole cerca in tutti i modi di farsi strada tra di loro ma non ci riesce... sono troppe. Qualche raggio sembra essere riuscito a passare e per un attimo rende l'erba di un verde brillante; poi viene ringhiottito dalle nuvole. L'anziano signore smette di parlare e indica qualcosa dietro di me. Mi volto e vedo le pecore ai lati della strada. Guardo lui e guardo le pecore, di nuovo guardo lui e guardo le pecore.

«Andiamo» mi dice «e piacere di averti conosciuta».

«Il piacere è mio» rispondo sorridendo.

Mentre proseguo ho la netta sensazione che le pecore ci stiano fissando.

Arrivo a Doolin, sulle scogliere del Clare occidentale. Cerco di orientarmi leggendo le indicazioni che mi ero precedentemente segnata.

Scendo dalla macchina e mi guardo attorno mentre un forte vento mi aggredisce e mi ricorda che l'Oceano è vicino.

Poi la vedo. Alla fine di una strada in salita, a ridosso di una collina di verde erba. "Fiona House", la pensione di mia nonna. Quella che una volta era la casa di mia madre, la casa in cui passavo le estati. Le mie estati irlandesi. Ha due piani ed è completamente bianca con gli infissi neri. Nella facciata principale spicca in color oro con i bordi neri il nome di mia madre, seguito dalla parola House. Il mio cuore sussulta ma si ferma poco dopo. Nessun strano ritmo tribale. Mi accorgo solo ora che, da quando mi è stata diagnosticata la malattia, l' attenzione verso il mio cuore è aumentata considerevolmente. Devo cercare di pensarci di meno. Mi incammino lungo la strada con passi incerti. Riconosco le abitazioni coloratissime e pochi aneddoti riemergono dalla mia memoria. Vecchi cassetti dimenticati con la morte di mia madre prendono vita e lentamente si aprono. All'improvviso mi vedo bambina. Mi lamento. La strada per arrivare è troppo faticosa per me e ho sonno. Vedo mio padre tenermi tra le sue braccia fino alla casa di nonna. Ricordo di aver letto che le abitazioni sono divise in due blocchi diversi: Roadford nella parte più interna, e Fisherstreet situata dopo il ponte, vicina al porto e al mare. Doolin è conosciuta soprattutto come patria della musica irlandese tradizionale e i pub caratteristici sono tre: O'Connor's, McGann's o McDermott's.

Senza accorgermene, mi ritrovo a respirare profondamente davanti alla proprietà. Spingo quella porta che mi separa dalla mia storia, mi separa da mia nonna, ed entro. Uno scampanellio avvisa del mio ingresso.

Quello che una volta era il salone ora è diventato un enorme spazio per l'accoglienza degli ospiti. Al momento è vuoto. Enormi divani sono appoggiati alla parete, tra di loro dei tavolini con sopra appoggiate delle riviste e dei giornali. Dietro un bancone di legno, un ragazzo con lunghi capelli rossi sistema le chiavi delle camere. Dalla corporatura potrebbe tranquillamente essere un giocatore di rugby. Davanti a me vedo le scale. Quelle che un tempo erano le camere da letto, ora sono le stanze per gli ospiti. Un profumo di cibo mi indica che la porta subito dopo il bancone di legno nasconde il piccolo ristorante e la cucina.

«Buonasera, sono Sara, la nipote di Deirdre. Per caso sa dove è mia nonna?» il ragazzo mi fissa e credo non abbia capito. Diventa serio improvvisamente.

«Oh! Questo è un grande problema!» esclama e rimane in attesa. Quale problema? Cosa è successo? Cerco di capire il motivo del problema.

«Problema? È successo qualcosa a mia nonna?» inizio ad agitarmi e penso subito al peggio.

«Oh! Questo è un grande problema!» Mi stupisco della risposta del ragazzo, non ne comprendo il nesso e sto per rispondere quando la sento. Sento la voce di mia nonna. La porta del ristorante si apre e lei la varca con una velocità tale che penso sia inseguita dal diavolo in persona.

«Mícheál! Ti ho detto di avvisarmi quando ci sono dei

clienti!» rimprovera il ragazzo in irlandese.

«Lo scusi signorina, parla solo irlandese. L'unica frase che conosce in inglese è quella che ha sentito. La usa per tutto. Solo Dio ne conosce il motivo. Lui...» si interrompe all'improvviso ed impallidisce come se avesse appena visto un fantasma.

«Fio... Fiona...» esclama.

«Nonna, sono Sara» dico, mentre si avvicina e mi scruta attentamente.

«Sara... sei identica a tua madre! Quanto sei cresciuta! Quanti anni hai ora?» non faccio in tempo a rispondere ventuno che mi abbraccia. È un abbraccio lungo. Mi stringe talmente forte che fatico a respirare. Gli occhi si velano di lacrime. Sono le mie lacrime di gioia e di tempo trascorso insieme. Si stacca da me lasciandomi respirare. Insieme ci asciughiamo gli occhi. L'emozione ha travolto anche lei.

Nonna profuma di zuppa e di qualcosa d'altro che non riconosco. I capelli bianchi sono raccolti in uno chignon e ha la stessa struttura esile di mia madre. Mi presenta Mícheál e mi dice che gli manca una rotella. All'inizio mette un po' timore, ma dopo il primo impatto ai clienti risulta simpatico. Tendo la mano.

«Piacere Mícheál» mi fissa la mano, poi mi guarda ed esclama «Oh! Questo è un grande problema...» con il mio irlandese un po' arrugginito gli spiego che sono la nipote di Deirdre e che sono arrivata dall'Italia oggi. Mi guarda stupito e poi mi comunica che fra un po' per lui è ora di cenare.

«Ha i suoi rituali il ragazzo. È preciso come un orologio svizzero. Ma sediamoci. Voglio che mi racconti tutto. Poi vedremo dove sistemarti. Sei fortunata, stasera nel menù c'è Irish Stew, sentirai che meraviglia». Ci sediamo in quei divani enormi per gli ospiti. Noto solo ora che hanno lo stesso colore grigio azzurro della moquette. Il tempo di pensare a come raccontare tutto e vedo nonna fissare un qualcosa che non sono io. Seguo il suo sguardo e focalizzo l'oggetto della sua attenzione. Dietro il bancone in legno c'è lo spazio per appendere le chiavi delle stanze. Non capisco il motivo di tanta attenzione. «Nonna?» cerco di disincantarla.

«Non ho più stanze libere» accenna con un bisbiglio, come se fosse un segreto.

«Non c'è problema, posso dormire in un qualsiasi posto qui a Doolin e ci vediamo domani mattina. Sono arrivata praticamente all'improvviso, non importa». Mi guarda come se io non avessi capito. Come se ci fosse dell'altro.

«In realtà... ci sarebbe una stanza libera. Non la apro da quando... da quando Fiona è morta. La stanza è quella di tua madre» non rispondo. Non so cosa dire. Ricordo che dormivo in quella stanza quando in passato passavamo le estati qui a Doolin. Ma quando cerco di metterla a fuoco nella mia mente, vedo solo nebbia.

«Credo sia arrivato il momento di aprirla» ora c'è tristezza nella sua voce.

«È tardi. I clienti devono cenare e in cucina hanno sicuramente bisogno di me. Ti aspetto per la cena. Vai a sistemarti. Parleremo domani» allunga la mano e mi porge la chiave.

«Quando te ne andrai, lasciala come l'hai trovata» si alza e scompare dietro la porta del ristorante. Stringo la chiave nella mia mano e fisso le scale. Mi domando se un giorno questa mancanza che sento per mia madre si attenuerà. Salgo e mi accorgo che gli scalini sono stretti, come fa la gente a non cadere? A stento ci sta il piede completo! Davanti alla porta vedo la mia valigia riparata... non ricordo di aver visto Mícheál salire le scale... e come faceva a sapere che mi sarei sistemata proprio in questa stanza? Con un'alzata di spalle mi scrollo di dosso quel pensiero, ottimo lavoro Mícheál!

Guardo la porta, cavolo è solo una porta, perché sono così ansiosa? Inserisco la chiave e giro.

Accendo la luce. Le pareti sono ricoperte di fotografie di castelli, verdi vallate, vecchi che gelosamente stringono in mano una pinta di Guinnes. Fotografie di quelle che riconosco essere le isole Aran. La stanza odora di chiuso e di ricordi che si vogliono mettere in pausa per non farsi dimenticare e io guardo la finestra con il pensiero che potrebbero volare fuori e disperdersi sopra l'Oceano. Apro l'armadio ed eccola lì, l'arpa celtica di mia madre.

«L'arpa è un ponte tra il mondo terreno e quello celeste. Un po' come i cigni» così mi disse un giorno d'estate in questa stanza. Poi chiuse gli occhi e iniziò a suonare. Io stavo sul letto e mi lasciavo trasportare da quella melodia. Smise di suonarla una volta arrivata in Italia. Diceva che non c'era la magia giusta, che mancava qualcosa. Durante le nostre estati in Irlanda la rispolverava e subito sembrava di essere appena stati catapultati in un altro mondo, magico e lontano. Ricordo che volevo imparare a suonarla, sembrava semplice. Mia madre per un po' cercò di insegnarmi ma poi si arrese. Tutto quello che producevo con quelle corde aveva il suono di un gatto che si affila le unghie su una lavagna.

Estraggo dalla borsa una vecchia fotografia, siamo io e mia madre, insieme. Lei mi tiene in braccio e sorride alla macchina fotografica. Sorride a mio padre. I suoi occhi nocciola sono rivolti a lui. Abbiamo gli stessi capelli mossi e neri. Ricordo che li ha sempre avuti molto lunghi. Seguo con lo sguardo i suoi lineamenti delicati del viso. La carnagione è bianca. Io la sto abbracciando e nascondo parte del viso tra il suo collo e la spalla sinistra. Un occhio assonnato guarda dritto nell'obiettivo. Sullo sfondo una casa dalle ampie vetrate, circondata da un verde giardino.

Quella casa ora è una pensione per turisti. Alzo lo sguardo e mi guardo allo specchio. Sono la sua fotocopia, solo gli occhi ci separano, io li ho verdi. Sono gli occhi di mia Nonna. Occhi verde smeraldo come il verde della terra in cui mia madre è nata. L'Irlanda. Guardo il retro. Leggo "12 agosto 1986, Doolin, Irlanda". La calligrafia è chiara, tonda e femminile.

All'improvviso il ricordo della sua morte si fa strada nei

miei pensieri. Successe nella cucina di casa. Al mio ritorno
da scuola, mio padre mi disse che la colpa, secondo chi c'era
nell'ambulanza quella mattina, era del cuore. Io gli urlai
contro che stava dicendo una bugia, che volevo la mia
mamma, adesso, subito, ora. Iniziai a cercarla, a chiamarla
per tutta la casa. Lui mi raggiunse per abbracciarmi. Urlai.
Mi levai la cartella della scuola dalle spalle e gliela lanciai
contro. Subito dopo corsi in camera e piansi tutto il giorno,
alternando le lacrime al suo nome.

Ritorno al presente e cerco di mettere in ordine i pensieri.
Lei mi manca ancora molto. Il dolore nell'averla persa, nel
non essere riuscita a conoscerla, non si è attenuato. Con il
tempo, ho solo trovato un equilibrio o lui ha trovato me.

Ho bisogno di distrarmi e decido di andare a farmi un giro
al McDermott's, preferisco rinunciare all'Irish stew della
nonna e cercare di divertirmi un po'. Entro nel locale e noto
un bel bancone di legno scuro, delimitato da una fila infinita
di tipi diversi di birra alla spina. Tutte le persone sono riunite
e guardano un angolo del pub. Famiglie, giovani e vecchi
sono completamente stregati da quello che sto sentendo
anch'io. I tavoli sono stati spostati per lasciare lo spazio a tre
uomini sulla cinquantina che ora stanno suonando con aria
divertita brani di musica tradizionale irlandese. Chitarra,
percussioni e uno strumento che non conosco. Il ritmo è
allegro e lo seguo battendo il piede a tempo. Saluto l'uomo
dietro al bancone e dopo un po' decido per una pinta di birra
leggera, una Harp. Viene posata davanti a me cinque secondi
dopo. Dopo i primi due sorsi mi avvicino al trio di musicisti
più che posso. Mi posiziono vicino a una colonna, poso la
birra in una sua mensola e inizio a battere le mani a tempo
insieme alle altre persone. Noto che l'uomo con la chitarra
ha intorno al collo uno strano marchingegno che sostiene
un'armonica a bocca.

L'uomo alle percussioni si allontana dalla sua postazione

con le bacchette in mano e inizia a tenere il tempo. Batte divertito su sedie, tavoli, colonne. Passando da un tavolo a un altro si improvvisa in una danza. Le suole delle scarpe emettono un suono secco al contatto con il pavimento in legno, prendendo velocità. Cerco di seguire i suoi passi e di accompagnarli col battere delle mani. Mi fermo un attimo per bere e poi mi ritrovo davanti il percussionista. Mi tende una mano. Il suo sguardo sembra dirmi «vieni a divertirti».

L'afferro e vengo trascinata davanti al gruppo di suonatori. Subito dopo viene sequestrata dal pubblico un'altra giovane ragazza. La musica si interrompe improvvisamente. Mi guardo intorno e le persone applaudono e fischiano. La parola d'ordine per tutti è spensieratezza. Ci chiede il nostro nome e da dove veniamo. La mia compagna di improvvisata è australiana. Dopo un secondo lungo applauso per noi, l'uomo ci spiega il motivo del sequestro. Ci insegnerà dei passi di danza irlandese e chi tra noi due riuscirà ad impararli meglio, sarà la vincitrice. Chiedo al mio sangue irlandese di uscire allo scoperto perché nel ballo io sono una frana. Guardo la mia rivale e lei mi sorride. Siamo pronte a iniziare la sfida. Inizia velocissimo a mostrarci i passi da memorizzare e lo guardiamo allibite. Ride e poi ci mostra al rallentatore i passi da eseguire. Il mio sangue irlandese si è messo in contatto diretto con la mia memoria. Risultato? Credo di essere riuscita a memorizzare l'intera sequenza. Annuisco e annuisce anche la mia avversaria. O è una ballerina dalla stupefacente memoria, o non è australiana. La musica rincomincia e cerchiamo di riprodurre quello che abbiamo appena memorizzato. Grande applauso per noi e grande sorpresa e soddisfazione per me. Si interrompe nuovamente la musica e ci mostra altri passi da aggiungere a quelli precedenti. Concentrate li fissiamo in memoria. Si riparte, entrambe ci inceppiamo ma continuiamo inventando. The show must go on! Altro applauso e risate che provengono, questa volta, dai musicisti. Termina la gara e dopo una breve consultazione con i colleghi l'uomo delle percussioni proclama la vincitrice... pari merito! Insieme ci inchiniamo al pubblico e ci abbracciamo.

Che siano questi i miei quindici minuti di gloria? Finisco la birra mentre mi lascio trasportare dalla musica. La stanchezza del viaggio inizia a farsi sentire e decido che è tempo di rientrare. Quando arrivo in camera, sono talmente stanca che, vestita, mi distendo direttamente sul letto e mi addormento all'istante.

5. L'ALBERO GENEALOGICO

Mi sveglio con lo stomaco che brontola per la fame, devo assolutamente mangiare qualcosa. Quando scendo ed entro nella parte ristorante, noto che non c'è nessuno. Mi chiedo dove sia Mícheál. Mi siedo e vedo subito mia nonna uscire dalla cucina. Mi saluta con un grande sorriso e si siede davanti a me.

«Hai fame vero? Ti porto subito la zuppa del giorno» si alza e scompare in cucina. Ritorna poco dopo con in mano una ciotola fumante. Penso che sia il momento giusto per parlare con lei.

«Allora, dimmi tutto» mi dice sedendosi. Non so da dove cominciare. Con il cucchiaio inizio a mescolare la zuppa lentamente. Poi lascio il cucchiaio e alzo lo sguardo. Le parole escono da sole, racconto della mia malattia, degli svenimenti, delle diagnosi errate, della ricerca in internet e dell'incontro in associazione. Concludo sottolineando l'ereditarietà e il bisogno di incontrare i miei parenti.

«E così tuo padre non c'entra nulla. La colpa è mia» distoglie lo sguardo e fissa un punto immaginario che sembra essere posizionato sopra la mia spalla sinistra.

«Nonna, lui non ha colpa. Come non ha colpa il tipo di vita che conduceva mamma. Ma perché pensi di essere tu la causa?» non capisco il significato del suo sguardo, sembra stia per prendere una decisione.

«Tutti questi anni di rancore... i litigi, le colpe, l'odio. Una volta ho telefonato a casa tua sai? Volevo sapere come stavi. Ha risposto tuo padre e ho chiuso la telefonata. Mi sono allontanata anche da te. Non volevo vederti perché somigli dolorosamente a lei e non volevo vedere tuo padre perché lo ritenevo il diretto responsabile della sua morte. Anni di silenzi e poi arrivi con questa notizia...» si alza e scompare, per poi ritornare quasi subito con una pinta di Guinnes in mano. Ne beve un paio di sorsi e si rilassa sulla sedia.

«Mi dici che Fiona è morta a causa di una malattia genetica. Gli svenimenti, il ritmo del cuore e il resto, so di cosa si tratta. Sono sicuramente io la portatrice».

«Nonna, non hai colpa. Non lo hai deciso tu. Come mia madre non lo ha deciso per me» cerco di alleviarle i sensi di colpa. Sono infondati. Non è che uno decide di passare alla figlia o al figlio una malattia genetica!

«Non me lo perdonerò mai. Perché io sono riuscita a vivere la mia vita e a raggiungere la vecchiaia?»

«Perché probabilmente sei una portatrice sana. Ma solo le analisi possono confermare questa ipotesi. Lo so che non è facile da digerire, ma... io ho bisogno di sapere perché sei così certa di essere tu la portatrice e dove sono i miei parenti. Li devo contattare e li devo informare sulla malattia». Dopo un lungo sospiro, finisce di bere la sua birra, lascia dentro di sé le lacrime che le stavano per scendere dagli occhi e inizia la descrizione dell'albero genealogico. Non avendo nulla con me su cui scrivere, opto per il retro della tovaglietta bianca su cui è posata la zuppa. Estraggo la penna e inizio col tracciare una lunga linea alla quale aggiungerò nomi e luoghi.

«Della mia famiglia siamo rimasti in due ancora in vita. Mio fratello Liam e io. I nostri genitori sono morti tempo fa. Non saprei come aiutarti per quello. I tuoi parenti si dividono tra Galway e Kilkenny» si ferma e attende che io inizi a scrivere.

«A Galway, c'è Caitlin. Lei ha un defibrillatore. Ne ha passate molte. Caitlin Smith. Figlia di Caitlin e Connor Smith. Suo padre le ha dato il nome della madre morta durante il parto. La madre era figlia di mio fratello Liam. Liam ha avuto anche un figlio, Ryan. Ryan O'Brien. Lui è nato da una madre diversa. Ma questa è un'altra storia, non credo serva». Mi segno tutto.

«Comunque, Ryan ha avuto Ailis e Ailis due gemelli di quattordici anni. Tomás e Liam Doyle. Oltre a Liam, c'erano anche Moirin e i gemelli Beanon e Bran. I gemelli sono morti in mare. Uscivano spesso a pescare con mio padre. Lui era un pescatore. Una mattina sono usciti di casa tutti e tre e non sono più tornati. Erano giovani e non hanno avuto modo di crearsi una famiglia. Anche Moirin è morta giovane. L'hanno trovata fuori dal pub dove lavorava. Era così giovane, aveva vent'anni!» sembra provata da quei ricordi.

«Se vuoi facciamo una pausa» propongo. Ma come se non mi avesse sentito prosegue.

«Ha lasciato il marito e il figlio di un anno, Owen O'Gallagher. Owen si è sposato e ha avuto una femmina, Maeve O'Gallagher. Ha tre anni. Non ce ne sono altri. Owen e Maeve sono a Kilkenny». Mi fissa la mano mentre finisco di costruire l'albero genealogico e scrivo gli ultimi appunti.

«Farò tutte le analisi necessarie per capire se sono una portatrice sana. Ora mangia la tua zuppa. Ormai dovrebbe essere della temperatura giusta. Nel frattempo io avviso che prossimamente passerai da loro. Poi ti darò tutti i numeri» si alza, mi accarezza la testa e sparisce verso la reception. Finisco la mia zuppa, squisita. Fisso il mio albero genealogico e scelgo come prima tappa Galway. Moirin… morta a vent'anni, probabilmente a causa di un infarto… un'altra vittima. Questa storia deve finire! Ho comunque del tempo prima di partire e ho bisogno di respirare l'aria dell'oceano. Cerco la nonna ovunque per salutarla ma non la trovo. Quella donna appare e scompare a una velocità inimmaginabile.

Appena parcheggio, vedo persone piegate in avanti che camminano a fatica. Quando esco dalla macchina vengo investita da un vento talmente forte da togliermi il respiro. Ci sono zone in cui sembra calare ma poi ti coglie all'improvviso rendendo faticosa persino la salita degli scalini. Alzo gli occhi e mi guardo intorno. Le scogliere sono talmente belle che sembra impossibile sia stata la natura da sola a crearle. Scelgo di voltare a destra e di proseguire fino alla O'Brien Tower. Mia madre mi raccontò che fu costruita nel 1835 da Sir Cornellius O'Brien e che fungeva da osservatorio per i visitatori del tempo. La leggenda narra che le signore venivano attirate e inseguite intorno alla Torre per essere baciate da Sir Cornellius sotto l'archetto, con la scusa che portasse fortuna.

Circa a metà strada sento una melodia che immediatamente mi porta con la mente in un luogo lontano. Immagino una grande festa all'aperto in una radura sprovvista di alberi in mezzo alle montagne. È notte e le persone suonano, cantano, mangiano e bevono in onore dei loro guerrieri. L'unica luce presente proviene da fuochi accesi qua e là e dalla grande luna piena che osserva sorpresa dal cielo stellato. Non è una festa di addio, è una festa di arrivederci.

Riemergo improvvisamente dal mio viaggio antico e continuo a salire. Vicino alla torre, una signora dai lunghi capelli rossi sta suonando un'arpa. Gli occhi sono chiusi e sorride. Sembra completamente in pace con se stessa e con il mondo. Mi siedo su un gradino e a occhi chiusi continuo a seguire la sua musica. Subito ritorno al viaggio di poco prima. I guerrieri sarebbero partiti all'alba, lasciando mogli e figli con la promessa che sarebbero ritornati.

Un rumore conosciuto mi riporta alla realtà. Guardo l'oceano e vedo una colonna di pioggia che minacciosamente sta raggiungendo la mia postazione. La gente intorno a me si sta domandando se tornare indietro, rimanere lì o proseguire. Alcuni non se ne sono nemmeno accorti. Continuano a fotografare. Mi dirigo verso la Torre e mi posiziono sotto l'arco. La torre ha tre piani ed è a pianta circolare. Di fianco c'è un'altra struttura cilindrica ma più bassa. Ci sono delle finestre e conto tre piani. Il rumore si fa più intenso e la fitta colonna di pioggia ci passa sopra lentamente per poi tornare nuovamente sull'oceano. Cerco con lo sguardo la signora con l'arpa ma è sparita.

Mi incammino verso la parte opposta. Tutto è rimasto come un tempo. Gli uccelli cercano ancora di sfidare il forte vento per poi scegliere di abbandonarsi completamente a lui. Vedo il Breanan Mór, uno sperone roccioso a punta, isolato dalla scogliera. Riconosco le grotte marine scavate dal mare e la Grotta del Gigante.

Mi sento svuotata da ogni paura e da ogni incertezza, come se il vento si fosse portato via tutto. Riecheggiano le parole di mia madre «In quanto a bellezza e forza la natura vince, sempre. Non ha rivali. Non li ha mai avuti e mai li avrà». Mi accorgo che sto piangendo. La sensazione di infinito, di maestoso e i colori di questo posto mi travolgono. Nulla è più importante di questo momento. Io sono qui, ora. Mi sento più forte. Sorrido alle isole Aran che sembrano galleggiare sull'oceano, saluto le Cliffs of Moher e penso che è tempo di proseguire il viaggio.

6. GALWAY

Mentre scendo le scale, non riesco a trattenermi e scoppio a ridere quando sento Mícheál pronunciare seriamente la sua frase standard riservata alla clientela «Oh! Questo è un grande problema!» Non riesco a vedere le loro facce ma sono sicura che meritano di essere viste. Cerco nonna Deirdre per dieci minuti buoni quando, grazie alla finestra sul parcheggio, la scorgo che osserva dubbiosa l'auto presa a noleggio.

«Finalmente» esclama.

«Tieni, ho preparato una torta di mele. Portala agli Smith. Caitlin l'adora» annuisco.

«Promettimi una cosa Sara» mi fissa, incerta se proseguire o lasciar perdere «torna quando avrai terminato le tue visite. Ho qualcosa per te».

«Certo nonna» rispondo consegnando le chiavi di quella che una volta era la stanza di mia madre. Ci abbracciamo e, sistemato il dolce al sicuro, mi avvio.

A metà della N67, in direzione Galway, inizio a domandarmi come saranno Connor e Caitlin. Avranno i capelli rossi? Ma perché ho questo pensiero dei capelli rossi? I capelli rossi non hanno origini irlandesi! È anche vero che sicuramente ce ne sono più qui che in Italia… e Galway? Sarà veramente così allegra come dicono che sia? La città delle tribù, spartita per secoli tra i clan influenti. Per un periodo di tempo, a causa dei frequenti scontri tra clan, sulla porta occidentale della città apparve la seguente scritta «Il buon Dio ci scampi dalla furia degli O' Flaherty».

Connor e Caitlin Smith abitano in un appartamento con vista sul porto. Riconosco il terrazzo dagli innumerevoli vasi. Nonna Deirdre mi aveva avvisato della passione di Caitlin per le piante. Sto per suonare il campanello quando il mio indice si ferma a mezz'aria. Un pensiero mi attraversa la mente, prende il sopravvento e decide di interrompere il movimento del dito. Non ho la più pallida idea di cosa dire... e adesso? Torno indietro... rimango... non lo so! Mi faccio coraggio e schiaccio, poi una voce maschile, ridendo, chiede chi è.

«Buongiorno, sono Sara. Mia nonna, Deirdre, vi ha avvisato che sarei venuta da voi... sono... arrivata...» che stupida! Ovvio che sono arrivata!

«Ciao Sara! Sali pure, siamo al terzo piano, prima porta a destra. L'ascensore è sulla sinistra appena entri». Un click mi avvisa che il portone è stato appena aperto. Ed eccomi qua. Sto per bussare incerta quando la porta si spalanca e un tipo alto, con un fisico asciutto e capelli corti castano chiaro, inizia a parlare «Piacere, sono Connor. Accomodati pure». Appena entro sento una voce di ragazza provenire da una qualche stanza della casa. La sento spostare una sedia e camminare decisa verso di noi. «Tu devi essere Sara! Benvenuta!» Poi fissa la torta e gli occhi le si illuminano di gioia. Ha gli occhi di Connor, il suo stesso azzurro, e i capelli le cadono morbidi fino a metà schiena e non sono rossi, sono biondi, più chiari di quelli di suo padre. Il viso ha lineamenti morbidi e dolci, mi ricorda quelle bambole di ceramica che vendono nei negozi vintage. Mi chiede se è quella che lei pensa che sia, ovvero la famosa torta di Deirdre. Le rispondo di sì, allunga le mani e sequestra la torta invitandomi a seguirla in cucina. Il tè dovrebbe essere pronto, comunica Connor.

«È buonissima vero? Ho provato più volte a prepararne una uguale ma non sono mai riuscita a creare lo stesso mix di sapori. C'è un ingrediente segreto ma Deirdre non me lo vuole svelare. Sai, mi aveva detto di avere una figlia e una nipote che abitano in Italia. Mi ha raccontato delle estati passate insieme e mi ha mostrato molte fotografie. Poi, più nulla. Ha smesso di parlare di voi quando Fiona...» smette di parlare all'improvviso. Connor sposta la conversazione sul motivo principale della mia visita, offrendomi la possibilità di iniziare a raccontare, di nuovo, la mia storia. Una storia che presto diventerà nostra, della nostra famiglia.

«Potrebbe esserci di aiuto la tua storia e quello che hai scoperto. Caitlin ha il defibrillatore. Ma crediamo che i medici non sappiano di preciso il motivo per cui sia stata male. Forse unendo le nostre storie potremo arrivare a una conclusione». Connor si alza e apre un cassetto in salotto, poi torna con qualcosa in mano.

«Guarda questa. L'ha creata tua madre per mia moglie» mi porge un bellissimo gioiello artigianale.

«Mia madre?» non sapevo creasse collane.

«Sì. A volte faceva queste creazioni con delle pietre, poi le regalava alle persone dicendo che avrebbero alleviato il peso dei loro problemi». Pietre?

«Conosci altro su di lei?» domando a Connor curiosa e affamata di informazioni.

«No, mi spiace. L'ho incontrata solo una volta. È stata mia moglie a dirmi della collana». L'aria profuma di iodio e acqua salata. È perché la finestra è aperta. I gabbiani si stanno chiamando tra loro. Ora posso solo riconoscere che il loro dolore ha la stessa radice del mio. Posso solo far sapere loro che non sono soli. E lì, con una tazza di tè tra le mani, do il consenso a quelle parole di uscire ed inizio a raccontare. Non interrompono la mia storia, non pongono domande. Seguono con attenzione come se stessero cercando qualcosa che appartenga anche a loro, un qualcosa in comune con la loro storia. Quando termino è sempre Connor a spezzare il silenzio.Caitlin si offre di preparare altro tè. È diventata silenziosa, si è chiusa nei suoi ricordi. Sa che suo padre parlerà per lei.

«La madre di Caitlin, Caitlin O' Brien, mia moglie, è morta dando alla luce questo piccolo folletto dispettoso» un sorriso appare velocemente sul volto di Caitlin.

«I medici mi dissero che il cuore non ha retto lo sforzo del parto. Quel giorno presi in braccio quella cosina così piccola e promisi a Caitlin che l'avrei protetta e le sarei rimasto accanto per tutta la vita. Fu letteralmente amore a prima vista e la chiamai come lei, Caitlin. Il primo campanello di allarme, che io sottovalutai, si manifestò quando aveva dodici anni. Era al maneggio e si stava allenando per una gara di equitazione. Ricordo che si fermò di colpo e scese dal cavallo. Mi disse che il cuore le batteva fortissimo, più forte del solito. Io la portai immediatamente all'ospedale. Il tempo di arrivare e la tachicardia le era passata. Non diedi il giusto peso all'episodio e presto me ne dimenticai. Con il passare del tempo, la vidi sempre più stanca, ma lei non voleva diminuire gli allenamenti, non voleva mollare. Il nostro medico ci disse che tutto era regolare e che poteva continuare tranquillamente con l'equitazione». Caitlin prende la parola per un breve momento «Dopo quell'episodio mi era capitato di risentire quella forte tachicardia. Ma durava pochi secondi. All'inizio non dissi nulla, davo la colpa agli allenamenti che si intensificavano sempre di più. Poi ho iniziato a sentire le gambe e le braccia stanche e mi dovevo fermare. Alcune volte per poco non svenivo».

«Aveva tredici anni quando la portai a sottoporsi all'holter» continua Connor «e le dissero di fermarsi immediatamente. Decisi di voler capire a tutti i costi cosa stava succedendo. A quattordici anni un medico decise di eseguire un'ablazione cardiaca per correggere le anomalie del suo battito cardiaco. Dopo l'intervento lei si stabilizzò. Sembrava che tutto fosse passato. Non aveva più quelle forti tachicardie. Caitlin s'innamorò dei cavalli la prima volta che la portai al Galway Race Week . Fu in quei giorni che decise si iniziare a cavalcare. Non c'era verso di farle cambiare idea, così l'accontentai. Quando dovette smettere, non smise solo di praticare una disciplina, ma smise di vivere quello che per lei era un sogno, una passione. Decisi così di regalarle un cavallo per i suoi sedici anni. Non l'avrebbe cavalcato a livello agonistico, ma almeno avrebbe aperto una piccola finestra che dava nel suo sogno».

«Guinness!» esclama entusiasta Caitlin.

«Sì, l'ha chiamato così perché ha lo stesso colore della Guinness. Comunque, quel pomeriggio la portai al maneggio con la scusa di salutare i suoi amici. Quando le dissi che il cavallo che stava guardando con curiosità era suo e che era un mio regalo... lo stupore, la sorpresa e la gioia furono così forti che svenne» Connor rimane incastrato nei suoi pensieri e dopo qualche secondo è Caitlin che rompe il silenzio «Quando mi risvegliai ero in ospedale e i medici mi dissero che mi avrebbero impiantato un defibrillatore. Un defibrillatore! Avevo sedici anni! Mio padre avrebbe dovuto portarmi la cartella in classe! E poi cos'altro ancora?» i suoi occhi diventano cupi.

«Sono passati due anni da allora. Dopo la prima scarica decise di non uscire più di casa».

«Credevo di poter vivere la vita di una qualsiasi ragazza di sedici anni. Credevo di potercela fare. Un pomeriggio stavo passeggiando tranquillamente con una mia amica, siamo entrate in un pub e bam! Ho ricevuto una scarica elettrica. Da quel giorno non esco più di casa. Mi concedo solo qualche visita a Guinness accompagnata da lui e nient'altro» indica il padre.

«I medici non ci hanno detto di cosa si tratta, sono incerti anche loro. Curo le mie piante e creo siti internet. Posso vivere tranquillamente così».

Mi domando se anch'io potrei vivere in questo modo. Se un domani dovesse essere necessario impiantarmi un defibrillatore, come la prenderei? Come vivrei?

«Potresti vivere di più» mi pento di aver parlato nel

momento esatto in cui sento quelle parole uscire dalla mia bocca.

«Cosa vorresti dire? Vivere più a lungo, vivere più intensamente?» Caitlin mi sorprende. Vedo con la coda dell'occhio Connor sorridere e capisco che non è un argomento nuovo quello che sto per affrontare. «Io sono stata fortunata Caitlin. Perché non sono mai stata una sportiva e lo sport è nemico di questa malattia, perché non mi hanno dovuto impiantare un defibrillatore e perché ho avuto la fortuna di finire in un ospedale dove sono intervenuti subito e dove mi hanno spiegato il mio problema cardiaco. Quello che tu hai potrebbe essere una variante di quello che ho io e di quello che avevano le nostre madri. Anzi, ne sono sicura. Ora, io non so se te la senti di venire fino in Italia per farti controllare, ma so che lì eseguono anche i test genetici. Potresti inviare una boccetta del tuo sangue. Posso tenere io i contatti».

«Le scariche sono aumentate quest'anno» aggiunge.

«Magari i farmaci che prendi non sono giusti! O c'è qualcos'altro che non va! Non lo so! Ma per favore, tu devi sapere cos'hai di preciso e fino a dove ti puoi spingere» continua a fissarmi con i suoi incredibili occhi. Connor sembra non respirare. Si è trasformato in un soprammobile.

«Non devi rispondermi subito. Promettimi però che ci penserai. Ti lascio il mio numero di cellulare» trattengo il respiro e attendo. Connor sembra aver ripreso vita e interviene dando forza alle mie parole «Caitlin, ascoltala. Non è venuta da noi solo per conoscere i suoi parenti. Se non fosse seria questa malattia, non si sarebbe messa in viaggio». Passano, credo, una manciata di secondi, interminabili. Incredibile come può variare la percezione del tempo.

«Va bene, mi hai convinta» conclude. Qualcosa di positivo è appena successo. Ho però la netta sensazione di essermi dimenticata qualcosa. Estraggo dalla borsa l'albero genealogico.

«Liam! Caitlin, tuo nonno dove lo trovo?» scoppiano a

ridere.

«Liam è impossibile da trovare! Un paio di anni fa si è comprato un camper e con quello se ne va in giro per il paese. Ogni tanto arriva qualche cartolina ma non c'è modo di mettersi in contatto con lui. Potrebbe essere ovunque».

Ci lasciamo con la promessa di tenerci in contatto, con la promessa di una speranza, con la promessa di capire di più. Prenoto una stanza in un B&B e decido di visitare Galway. La mattina dopo, sarei andata a conoscere Ailis O' Brien e i gemelli Doyle.

Galway mi mette allegria da subito, quello che dicono su di lei è vero. È vivace! La strada principale è fiancheggiata da coloratissimi negozi, caffè e pub. È novembre ma la città è già pronta per il Natale, luci e addobbi sono ovunque. Gli irlandesi li riconosco subito. A differenza dei turisti sono vestiti come se fosse primavera, alcuni sfoggiano magliette a maniche corte che mi gelano perfino i sentimenti solo a guardarle. Io indosso una maglia a maniche lunghe, felpa, giubbotto invernale e sciarpa. Sono temprati gli irlandesi! Se venissero a Padova d'estate credo che morirebbero per il caldo. Ammetto che qui non percepisco il freddo bastardo della città che ti entra nelle ossa e le fa cigolare come una vecchia porta in legno con i cardini arrugginiti; ma la maglietta a maniche corte non la posso vedere! Dal mio arrivo in Irlanda, è la prima volta che cammino in città. Ogni volta che qualcuno ti urta mentre passeggia, automaticamente pronuncia un "sorry"... e lo dice anche chi è stato urtato.

Dopo aver controllato la mappa della città, mi dirigo verso la casa di Nora Barnacle. Lungo la strada che costeggia il fiume vedo dei cigni talmente aggraziati nel muoversi che sembra volino sull'acqua. Cigni... Galway, un qualcosa si stiracchia dopo un lungo sonno nella mia mente. Ricordo la storia di una donna-cigno. Uno dei tanti racconti di mia madre.

Il protagonista è un uomo, Connor Quinn. Un giorno, passeggiando vicino a un lago, rimane incantato a osservare tre cigni. Da uno di questi, a un certo punto, escono delle mani che lo squarciano. Sono mani di una giovane ragazza. Il cigno diventa un mantello che viene appoggiato dalla ragazza sopra a una roccia su una sponda del lago. Anche gli altri due cigni si trasformano in ragazze. Connor capisce che sono sorelle, stessi occhi neri, stessi capelli neri e stessa corporatura. Le tre ragazze formano un cerchio tenendosi per mano, si inchinano e si tendono verso il cielo in perfetta sincronia. Iniziano poi a cantare.

Ipnotizzato, Connor si dirige verso di loro. Due riescono a ritrasformarsi in cigno e volare via, ma la più giovane non riesce ad arrivare in tempo al mantello che viene presa da Connor e a quel punto è costretta a seguire Connor fino a casa sua. «So che cosa vuoi Connor Quinn» gli dice lei «e io diventerò tua moglie, ma tu dovrai fare solo due cose per me. Dovrai rinunciare al gioco d'azzardo e non dovrai mai far entrare in questa casa un membro della famiglia O'Brien». Lui accetta. Si sposano e lei gli rivela il suo nome da umana: Beatrice. Lui le procura tutto quello di cui può aver bisogno e insieme vivono tranquilli, anche se a lei mancano le sorelle. Lui, che prima era in rovina, accumula una fortuna. La base dei suoi mercati è la città di Galway. Lei rimane incinta e partorisce prima un maschio e diciotto mesi dopo una femmina.

Sette anni dopo, lui parte per un viaggio con destinazione il festival della corsa di cavalli. Mi sembra di ricordare che in una taverna qualcuno lo riconosca ed esprima la sua sorpresa per la velocità con cui ha accumulato tanta ricchezza. E qui entra in gioco uno straniero; il quale non crede che una persona possa arricchirsi velocemente come Connor. La sfida è stata lanciata e Connor gli propone di andare a casa con lui per verificare con i suoi stessi occhi. Lo straniero accetta e una volta arrivati a casa di Connor conferma tutto quello che aveva sentito alla taverna. Quando poi Connor gli dice che ora dovrà essere il testimone di tanta fortuna, lo straniero gli risponde più o meno così «Ti do la mia parola come membro di alto rango dell'antica e nobile famiglia O'Brien». Mi immagino la faccia di Connor dopo aver udito quelle parole! Lui cerca di tagliare la conversazione e mandare via lo straniero che ora, purtroppo, ha un nome; ma non ce la fa. Le buone maniere prevedono altro. Così i due uomini iniziano a bere whiskey e a giocare a carte. Connor cerca di mantenere il tono della voce basso, perché moglie e figli sono nelle loro camere, ma ormai il danno è stato compiuto. Il whiskey annebbia velocemente la mente di Connor che perde, giocando a carte, la sua ricchezza, la sua terra, il suo arredamento ed i suoi arazzi. Per ultima, la sua grande casa. Sconvolto si dirige verso la camera della moglie. La trova insieme alle sue sorelle. Lei si trasforma in cigno, poi trasforma anche i loro figli in due cigni, e tutti e cinque volano fuori dalla finestra. Connor rimane solo. Povero Connor! Qui la sfortuna ha giocato le sue carte migliori. Il racconto credo sia più o meno questo, ma non ne sono del tutto convinta.

All'improvviso eccomi arrivata, davanti a me la casa di Nora Barnacle, la moglie di James Joyce. Numero 8 di Bowling Green. Nora e James iniziarono la loro relazione sentimentale il 16 giugno 1904. La data venne scelta da James per ambientarvi il romanzo Ulisse e successivamente venne celebrata con il nome di Bloomsday. La casa è piccola e sembra essere fiera di dimostrare tutti i suoi anni. Nel 1904 la coppia lasciò l'Irlanda e decisero di accasarsi a Trieste, in Italia.

Mi sembra di ricordare di aver letto da qualche parte che i mobili sono dei vicini, li hanno recuperati dalle loro cantine per far assumere alla casa un aspetto il più possibile vicino a quello che aveva al tempo di Nora. Sono sempre loro a badare, a turno, alla casa. Mi guardo intorno, l'atmosfera suggerisce che, da un momento all'altro, potrebbe arrivare la famosa coppia per chiacchierare con gli ospiti. Dal piccolo salotto-cucina si sale per arrivare alla camera da letto. La finestra è piccola, il letto è in ferro battuto e sul caminetto incassato nella parete sono appoggiati crocifissi di varie misure. Ciò che attira la mia attenzione è una piccola e bianca libreria a vetri, nella quale sono esposte vecchie prime edizioni di Ulysses e degli altri romanzi di Joyce in talmente tante lingue che non inizio neanche a contarle.

Ed ecco che un altro ricordo si risveglia. Mia madre seduta in una poltrona del salotto. Legge un libro. E ride.

«Mamma perché ridi?» Le chiesi io.

«Perché questo libro è divertente!» Mi rispose lei asciugandosi le lacrime che le si erano formate a forza di ridere.

«Che libro è?»

«Ulysses di Joyce.»

«Posso leggerlo anche io?»

«Amore mio, sei ancora troppo piccola per questo libro e poi è in lingua originale. Pieno di giochi di parole, di riferimenti nascosti e pensa... lo stesso Joyce ha creato due schemi da usare per aiutare il lettore a leggere i capitoli del libro!»

«Uhm.»

«Un giorno ti aiuterò a leggerlo, promesso.» Quel giorno non arrivò mai e non ho idea di dove sia quel libro. Spero mio padre non lo abbia gettato nell'immondizia.

Scendo le scale e osservo curiosa varie fotografie che ritraggono Nora e la sua famiglia, i figli e James. Noto un quadretto e quando mi avvicino capisco che contiene una pagina manoscritta, una lettera d'amore scritta da James a Nora. Lui le racconta il suo primo incontro con la madre di lei, avvenuto in questa cucina. Insieme a James c'era anche Giorgio, il loro primo figlio. Riesce a comunicare con le parole tutta la sua emozione per questo incontro e la generosa accoglienza della suocera. Comunque sia, la loro storia non fu sempre così dolce da far cariare i denti. Tutti quei sorrisi e quelle espressioni nelle foto nascondono qualcosa. Ricordo che la loro figlia, Lucia Joyce, iniziò a mostrare i primi segni di malattia mentale intorno ai 23 anni. Nel 1934 fu presa in cura da Carl Gustav Jung e poco dopo le fu diagnosticata una schizofrenia. Lascio la casa di Nora che è decisamente tardi. Mi dirigo verso il B&B dove ho prenotato.

Ovunque in Shop St è pieno di persone che allegramente passano da un negozio all'altro o si incantano ad ascoltare gli artisti di strada. È tutto così colorato e vivace! Vengo catturata da una melodia a me conosciuta. Mi volto e vedo un ragazzo sui 20 anni, jeans e maglietta con in testa un cappellino. Suona la chitarra sorridendo a una ragazza dai lunghi capelli neri davanti a lui. Le sta dedicando una canzone. Inizio a canticchiarla a bassa voce e mi rendo conto che mi sto avvicinando a loro.

«We were halfway there when the rain came down
Of a day -I-ay-I-ay
And she asked me up to her flat downtown
Of a fine soft day -I-ay-I-ay
And I ask you, friend, what's a fella to do
'Cause her hair was black and her eyes were blue
So I took her hand and I gave her a twirl
And I lost my heart to a Galway girl.»

Improvvisamente un suono mi distrae dalla canzone. È la sveglia del mio cellulare che mi ricorda di dover prendere il betabloccante. Mi vengono in mente le parole di Caitlin, mi viene in mente la sua vita e a cosa ha dovuto rinunciare.

Prendo la medicina e mi rimetto in marcia verso il B&B, cercando di immaginare cosa potrebbero dirmi domani i Doyle.

7. RICORDI

In realtà non incontrerò i Doyle ma solo Ailis O' Brien, ovvero la madre dei gemelli. L'avviso mi è arrivato tramite messaggio sul cellulare da un numero non presente in rubrica. Recava luogo e ora. Una breve descrizione di se stessa e cosa avrebbe avuto in mano per farsi riconoscere.

Mentre guido mi domando il motivo per cui ci si debba trovare a Carraroe. Ailis abita a Galway. Dopo quasi un'ora arrivo a destinazione, Coral Beach. Sono ancora nella Contea di Galway. Mi guardo intorno ma i capelli si ostinano a finirmi davanti al viso. Non c'è molto vento, ma è sufficiente per trasformarli in un fastidioso e unico groviglio di nodi. Li lego e finalmente riesco a individuare, poco distante, una testa rossa con in grembo quello che sembra un album di fotografie dalla copertina verde.

Mi dirigo verso di lei e sento uno strano rumore. Abbasso la testa e capisco che non sto camminando su una normale sabbia, ma su sabbia formata da corallo. Ne prendo una manciata in mano e insieme al corallo ci sono conchiglie e piccole pietre colorate. Ne metto un po' in tasca e mi avvicino agli scogli sopra ai quali Ailis è seduta. Indossa un paio di jeans e una felpa nera con il cappuccio.

«Ciao Ailis!» si volta e mi osserva. È il rumore delle onde dell'oceano a rispondere per primo, accompagnato dal suo profumo. Si alza in piedi e mi accorgo che è di qualche centimetro più bassa di me, il viso costellato di lentiggini.

Gli occhi sono di colore marrone scuro, il naso è piccolo e dritto. La bocca ha le labbra sottili ma sono i suoi capelli a renderla speciale. Sono di uno di quei rossi che alcune donne pagherebbero per avere. Solo che questo tipo di rosso non sbiadisce, non è soggetto a ricrescita e dubito che si possa riprodurre. Non sono neanche sicura che "rosso" sia il nome appropriato per quel colore. Il suo momentaneo stupore sparisce e lascia il posto a un sorriso. Mi tende la mano.

«Ciao Sara! Scusa ma sei identica a tua madre! A parte gli occhi, ovviamente. Hai gli stessi occhi verde chiaro di tua nonna. Lo stesso verde delle foglie nuove» c'è della nostalgia nei suoi occhi.

«Il cambio di programma l'ho voluto io» continua «amo questo posto, venivo spesso qui con tua madre a parlare. Ho portato un album di fotografie mie e di tua madre di quando eravamo giovani, posso raccontarti qualcosa su di lei se vuoi». Ailis dovrebbe avere più o meno gli stessi anni che avrebbe mia madre se fosse viva.

«Sì! Grazie! Non so nulla di quel periodo, raccontami qualcosa».

«Tua madre era completamente matta! Non letteralmente chiaro. Diciamo più uno spirito libero. Faceva impazzire tua nonna. Quando aveva quattordici anni è sparita per un intero week-end per poi ricomparire lunedì mattina a scuola come se nulla fosse, profumata, in ordine e con i compiti svolti. Nessuno sa dove sia stata in quei giorni» apre l'album fotografico e mi mostra una versione giovanissima di mia madre con i capelli raccolti in una lunga coda di cavallo e con la divisa scolastica. «Amava l'arte, la musica, la scrittura e la fotografia. Iniziò a prendere lezioni per imparare a suonare l'arpa a quattordici anni e si innamorò subito del suono che produceva. Guarda queste» Ailis sfoglia l'album mostrandomi due fotografie. La prima cattura mia madre inginocchiata sull'erba mentre fotografa un lago. L'altra inquadra Ailis seduta su una panchina a gambe incrociate. Ha il volto rivolto verso l'alto, gli occhi chiusi e un sorriso che trasmette pace le illumina il volto.

«Qui eravamo a Glendalough, la valle dei due laghi: l'Upper Lake e il Lower Lake, situati in una vallata ricoperta di foreste. Volevamo visitarla da tempo ma, non avendo la macchina, ci siamo iscritte a uno di quei viaggi che organizzano per i turisti. Tua madre era arrabbiatissima perché una volta arrivate ci hanno dato un tempo massimo per visitarla. Mi sembra fossero due ore. Continuava a ripetere che con quel poco tempo a disposizione sarebbe stato impossibile immergersi in tutto quello splendore. Ma una volta arrivate vicino al primo lago si tranquillizzò. Fece un paio di foto e poi all'improvviso si fermò, come se avesse sentito qualcosa. Si distese nell'erba e mi disse di avvisarla allo scadere delle due ore. Lei se ne sarebbe andata con la mente in un altro luogo. Mi disse che bisognava avere la mente sgombra e il cuore aperto per poter sentire bisbigliare la natura. Qui eravamo sempre a Glendalough, al sito monastico di St. Kevin» la fotografia mostra mia madre e Ailis vicino a un'alta torre rotonda.

«Mentre stavamo visitando le rovine del sito monastico, sentimmo una ragazza raccontare che, se facevi tre giri in senso orario intorno alla torre, avresti trovato l'amore della tua vita. Non l'avevamo mai sentita ma, nel dubbio, procedemmo».

In un'altra foto vedo mia madre che suona l'arpa in un pub. Ha gli occhi chiusi e sorride dolcemente. In quella dopo ha il volto concentrato su una tela bianca mentre ritrae una persona in strada.

«Questo è il periodo in cui aveva deciso di diventare un'artista di strada. Voleva girare il mondo e mantenersi suonando e dipingendo. Voleva interrompere gli studi e partire. Ricordo le litigate con Deirdre. Alla fine le disse che poteva fare ciò che voleva. Sapeva non sarebbe durata molto. Io andavo a sentirla suonare e a volte fermavo qualche passante chiedendo se volesse un ritratto dalla grande artista irlandese Fiona. Dopo una settimana ritornò a casa. Era troppo dura, disse. Si guadagnava poco e faceva freddo. Deirdre lo sapeva che sarebbe tornata, per quello l'ha lasciata andare».

«E quella?» mia madre sorride all'entrata di una torre circolare.

«Quella è la torre che si trova fuori dalla St. Canice's Cathedral. Tua madre arrivò fino in cima perché voleva fotografare la città di Kilkenny dall'alto».

«Kilkenny? Ma è dove abita Owen con la sua famiglia...»

«Sì. Eravamo andate a trovarlo. Aveva chiamato tua madre e le aveva chiesto un favore. Lei ha accettato e io l'ho accompagnata nel viaggio».

«Che tipo di favore? Te lo ricordi?» lo sguardo di Ailis diventa pensieroso. Cerca qualcosa nella sua memoria ma non trova nulla.

«No. In realtà non l'ho mai saputo. Era qualcosa di personale» dice chiudendo l'album fotografico.

«Sai come si sono conosciuti realmente i tuoi genitori?»

«Sì, nella cattedrale di St Patrick a Dublino, lui era...» non mi lascia terminare la frase e scoppia a ridere talmente forte che alcuni uccelli vicino a noi si spaventano e prendono il volo.

«No, no. Ora te lo dico io come si sono conosciuti. Una sera d'estate tua madre e io andammo a Dublino. In un locale suonava un gruppo di cui, sinceramente, non ricordo il nome. Il cantante di quel gruppo si innamorò di tua madre appena la vide e le dedicò una canzone. Finito di suonare lui le chiese di bere qualcosa insieme e lei accettò».

«Non sapevo che mio padre cantasse».

«Infatti, quello non era tuo padre! Lasciami terminare... dopo un'ora quei due stavano insieme, lei era diventata ufficialmente la sua musa e decise di seguire il gruppo per l'intero tour, in poche parole, per tutta la durata dell'estate. Il loro obiettivo era girare l'Irlanda, entrare nei pub e chiedere di suonare. Inutile dire che a tua nonna venne un mezzo infarto quando tornai a Doolin da sola. Fiona le aveva scritto una lunga lettera in cui le spiegava tutto e dove cercava di farle capire l'importanza di vivere la vita pienamente seguendo il proprio cuore. Qualche volta chiamava per rassicurare tutti. Nessuno ha mai saputo il suo itinerario. Quando glielo chiedevamo, rispondeva sempre che ora era in un luogo ma fra dieci minuti poteva essere in un altro. Una sera squillò il telefono di casa e io corsi a rispondere sapendo che dall'altra parte della cornetta avrei sentito la voce di Fiona. Me lo sentivo. Era lei. Mi disse di partire per Adare, una cittadina a sud-ovest di Limerick. Lì avrei trovato un locale di nome Sean Collins. C'era qualcuno che voleva presentarmi».

«Mio padre?» Che sia la volta giusta?

«Sì. Quando arrivai loro stavano cenando e ridevano come matti. Sembrava si conoscessero da una vita. Era bello, giovane e sapeva di essere affascinante. Dopo le presentazioni di routine, mi raccontò come si erano conosciuti. Una sera, durante un concerto, lui le si avvicinò chiedendo se era libero il posto accanto al suo. Lei disse di sì e lì iniziò tutto. Parlarono per tutta la durata del concerto, sotto lo sguardo inquisitore del ragazzo di tua madre. Lei non gli disse che era fidanzata con il cantante del gruppo. Finito il concerto, lei presentò tuo padre al suo fidanzato e gli disse che lo lasciava. Aveva trovato la sua anima gemella. Dopo le sue parole, scoppiò una rissa durante la quale tuo padre si beccò un pugno in faccia. Vennero sbattuti fuori dal locale e il gruppo se ne andò. Non si sa che fine fecero. Ma tua madre passò l'estate con tuo padre e quando tornò a casa lo presentò a tua nonna. Aveva deciso di partire per l'Italia con lui e voleva sposarlo».

«E mia nonna cosa disse?» la risposta un po' mi terrorizza, ma Ailis ride e questo mi tranquillizza.

«Deirdre rispose che a tuo padre conveniva uscire da quella casa subito».

«No! E poi? Cosa successe?» Ailis inizia a ridere.

«Perché ridi?»

«No! Non sarò io a raccontarti il finale! Chiedilo a tua nonna cosa è successo poi. Credimi, è meglio che te lo racconti lei» poi diventa improvvisamente seria e dopo un lungo respiro, mi guarda decisa.

«Ora tocca a te» mi fissa.

«Dimmi il motivo per cui sei qui».

Prendo un lungo respiro e inizio. Ailis ascolta attentamente. Quando arrivo a elencare i sintomi più comuni Ailis mi ferma.

«Aspetta!Liam...» Liam è uno dei gemelli, uno dei suoi figli.

«Liam, cosa? Dimmi» la incoraggio a proseguire.

«Liam pratica rugby. Non da molto, ma gli è sempre piaciuto come sport. A differenza del fratello Tomás, lui è sempre stato molto vivace e sportivo. Quando siamo riusciti a risparmiare qualcosa lo abbiamo iscritto a rugby. Ha iniziato l'anno scorso ed era entusiasta. Poco tempo fa mi ha riferito che mentre era in campo all'improvviso si è sentito male ed è corso in spogliatoio. Aveva il cuore che andava a mille e sudava freddo. Era la prima volta che gli succedeva una cosa di questo tipo. Si è spaventato molto e l'ho accompagnato dal medico. Lì è saltato fuori che un paio di volte, in campo, ha avuto dei giramento di testa e ha dovuto interrompe l'allenamento. Gli esami però sono risultati tutti perfetti. Poi ho iniziato a vederlo stanco e ho deciso di lasciarlo a casa dagli allenamenti per un po'. Abbiamo litigato molto per questo. Mi ripeteva che mi facevo condizionare troppo e che avrebbe fatto meglio a non dirmi niente. Io però l'ho lasciato a casa lo stesso. Ha ripreso il mese scorso dopo una breve pausa perché sembrava che stesse meglio» ora Ailis è in attesa di una risposta, di una qualsiasi risposta il più possibile positiva.

«Io non sono un medico, però posso dirti tutti gli esami a cui mi sono sottoposta» parlo anche dell'attività sportiva e dell'importanza dell'alimentazione. Decido di informarla sull'esistenza delle varie forme riguardanti questa malattia.

Aggiungo che è genetica e che, se vuole, posso essere il ponte tra la sua famiglia e i medici dell'ospedale in cui mi hanno diagnosticato la malattia. È Ailis che parla quando concludo.

«Si conosce l'inizio ma non la fine. Potrebbe capitare a chiunque. Una specie di roulette russa, solo che al posto della pallottola, ti becchi la malattia». Guarda pensierosa l'oceano ed estrae dalla borsa il suo cellulare.

«Devo andare a recuperare i gemelli che sono a casa di un loro amico. Ti ringrazio per la visita e scusami per il poco tempo a mia disposizione, ma ci teniamo in contatto. Farò fare sicuramente tutti gli esami a entrambi i gemelli e contatterò mio padre». Mi abbraccia velocemente e inizia a correre. Questo incontro non si è neanche lontanamente avvicinato a come me lo ero immaginata. I ricordi che ho di mia madre stridono con quello che Ailis mi ha raccontato. Il giorno inizia a lasciare il posto alla notte e fa veramente freddo. Saluto l'oceano e rientro a Galway per un'ultima notte. Domani mattina partirò per Kilkenny.

8. LIAM

Mi sveglio presto. Ho circa due ore e mezza di strada da percorrere per arrivare a Kilkenny. Questa volta incontrerò tutta la famiglia al completo. Owen, sua moglie e la piccola Maeve O'Gallagher.

A Kilkenny andrò sicuramente a visitare la St. Canice's Cathedral. Voglio riuscire ad arrivare in cima alla torre. Ricordo di aver letto che è la seconda cattedrale medievale irlandese per dimensioni, dopo quella di St Patrick a Dublino. Durante i secoli è stata distrutta e ricostruita varie volte ma il primo crollo, quello della torre campanaria, è legato alla storia di Dame Alice Kyteler. E qui inizia il mistero. Alice nacque nel lontano 1280 a Kilkenny e il suo fu uno dei primi casi europei di caccia alle streghe. Si sposò quattro volte e tutti e quattro i suoi mariti morirono in circostanze sospette. All'epoca questo poteva bastare per accusarla di stregoneria ma c'era dell'altro. Alice si era fatta nemici potenti il cui unico scopo era quello di eliminarla. Nel 1324 molti testimoniarono e giurarono di averla vista spazzare delle polveri davanti la casa del figlio William Outlawe mentre cantava «Nella casa di William, mio figlio, vada tutta la ricchezza di Kilkenny...» Come se tutto questo non fosse sufficiente, sembra che Alice sacrificasse galli neri e che frequentasse il demonio. Nel 1324 fu accusata di stregoneria. Insieme a lei vennero condannati la sorella, il figlio e la cameriera che venne arsa sul rogo. Della sorella non si sa nulla ma il figlio riuscì a salvarsi offrendosi di rifare il tetto della cattedrale. Davvero bastava così poco? Il genio però, utilizzò tegole di piombo, di conseguenza il tetto crollò e venne distrutto anche il campanile. In tutto questo, Alice riuscì a scappare in Inghilterra.

Mi domando che fine abbia fatto. Un pensiero tanto inverosimile quanto veloce mi attraversa la mente... e se mia madre fosse stata una... strega? La storia delle pietre, la sua natura libertina e misteriosa... ma che pensieri mi vengono in mente? Una strega! Rido. Non esistono le streghe!

Arrivo davanti alla casa di Owen O'Gallagher che mancano un paio d'ore all'ora di pranzo. La casa è a dieci minuti dal centro di Kilkenny e ha gli stessi colori e la stessa forma delle case adiacenti. È costruita su due piani, gli infissi sono bianchi e i muri color crema. Le finestre sono grandi e coprono quasi tutta la facciata. C'è una porzione di giardino con un'altalena.

Suono il campanello e rimango in attesa. Non risponde nessuno. Riprovo. Nulla. Forse non sono in casa ma mi sembra strano, sapevano che sarei arrivata in mattinata. Il cielo è grigio e minaccia di piovere da un momento all'altro.

«Buongiorno, cerca qualcuno?» la testa di una signora di mezza età spunta dalla staccionata.

«Buongiorno, sì, sto cercando la famiglia O'Gallagher. Ho un... appuntamento con loro questa mattina».

«Sono partiti una settimana fa. Vuole che lasci detto qualcosa al loro ritorno?» non ci posso credere! Partiti! Ero convinta che Nonna Deirdre avesse avvisato tutti. Ma come... e ora? Cosa faccio?

«Mi scusi, sa per caso quando torneranno?» incrocio le dita nella speranza che la vicina di casa ne sappia qualcosa. Lei con tutta calma si accende una sigaretta, mi guarda socchiudendo gli occhi e mi risponde «No, mi spiace. Ma lei chi è?»

«Giusto, mi scusi. Mi chiamo Sara e sono una parente di Owen».

«Non sei di queste parti» ho come l'impressione che la vicina stia per iniziare un terzo grado. Sto per rispondere quando sento un clacson dietro di me. Mi volto e davanti alla mia macchina a noleggio vedo parcheggiato un camper.

Ne salta letteralmente fuori un vecchio con una lunga barba, lunghi capelli bianchi, un paio di jeans e una maglietta che non riescono a contenere la classica pancia da birra. Si dirige verso di me con in mano un pacco regalo. Mi saluta con un gran sorriso e suona il campanello. Attende. Sembra Babbo Natale un po' brillo. Risuona. Attende e impreca. No, non sembra Babbo Natale un po' brillo.

«Non sono in casa» gli dico.

«Liam sei tu?» la voce della vicina diventa improvvisamente allegra. Lui si volta verso di lei e noto i suoi occhi. Sono azzurri e luminosissimi. Il naso è piccolo ma non vedo altro. Barba, baffi e capelli coprono tutto il resto.

«Nora! Nora ma che piacere vederti! Il tuo vecchio come sta?»

«In ottima forma! Si è ripreso completamente!»

«Ottimo! Ero passato per portare un regalo alla piccola Maeve. Dopodomani è il suo compleanno. Non ricordo se compie tre o quattro anni, ma so che è dopodomani...»

«Sì Liam, è dopodomani. Ma sono partiti e non so quando saranno di ritorno. Li cercava anche quella ragazza» l'attenzione di Liam si sposta da Nora a me. Mi squadra da testa a piedi con occhi inquisitori.

«Tu sei?»

«Sara. La figlia di Fiona O'Connor e...» non riesco a concludere che lo sguardo inquisitore lascia il posto a uno sguardo a raggi X.

«La figlia di Fiona? Immagino che Deirdre sia tua nonna».

«Sì».

«Uhm...»

«Uhm...» gli faccio eco.

«Non somigli per niente a tuo padre ragazzina e questo è un bene». Un'altra persona che detesta mio padre. Appoggia a terra il regalo e allunga una mano.

«Piacere. Sono Liam O'Brien. Il fratello di Deirdre» sono sorpresa. Forse la giornata sta per volgere al meglio.

«Cosa sei venuta a fare qui? Abiti in Italia, giusto?»

«Signori, mi spiace ma devo lasciarvi. È stato un piacere» salutiamo Nora che sparisce dietro la staccionata. Cerco di riassumere il più possibile il motivo per cui sono qui in questo momento. Liam non sembra esattamente una persona che ama dilungarsi in chiacchiere.

«Ok, ok. Vieni, andiamo» recupera da terra il regalo per Maeve e si incammina verso il camper.

«Dove?»

«A trovare gli O'Gallagher. Se non sono qui saranno nella loro casa vacanze, chiamiamola così. In questo modo tu potrai parlare con loro e io consegnerò il regalo alla piccola Maeve».

«Ma io ho una macchina. L'ho presa a noleggio. Non posso lasciarla qui».

«Certo che puoi. Ci penserà Nora alla tua auto a noleggio. Forza! Muoviti ragazzina!» suona il campanello della casa di Nora e le chiede se può fare da guardia all'auto. Nora assicura che è in buone mani. Non lo so. Vado o non vado? Ripensando a quello che Caitlin mi ha detto di Liam, sembra che io sia fortunata. È anche vero che non mi ispira molta fiducia.

«Muoviti!» penso a cosa avrebbe scelto mia madre e decido. Recupero la valigia nell'auto.

«Va bene, arrivo...» salgo nel camper e allaccio la cintura di sicurezza. Capisco che, oltre alla malattia, il mio albero genealogico contiene anche un po' di follia. Sono certa di aver ereditato anche questa.

«Bene, ragazzina. Saliamo o scendiamo?» mette in moto il camper e inizia a guidare.

«Come?»

«Nord o sud?» non capisco cosa mi sta chiedendo.

«Non dovevamo raggiungere la famiglia di Owen?» chiedo spaesata.

«Sì, ma il compleanno della piccola Maeve è dopodomani. Credimi, se sono partiti è per festeggiare da un'altra parte e non a casa. Non scapperanno. Nel frattempo ho deciso di portarti un po' a zonzo per l'Irlanda. Diciamo che ci conosceremo un po' meglio. Sempre se ti va, chiaro». Certo che mi andava, eccome se mi andava. In fondo ha ragione, non scapperanno. E poi... ho forse un'altra scelta?

«Sì, ci sto!» gli rispondo entusiasta.

«Bene, nord o sud?» ci penso un po'. Cosa c'è a nord e cosa a sud? Non ne ho la più pallida idea.

«Veloce ragazzina! La strada non si allunga per te! Hai dieci secondi per decidere. Se vado dritto, finiremo contro quel palo di cartelli laggiù» inizia a sbandare con il camper in attesa che io decida.

«5,4,3,2...»

«Nord!Nord!» urlo. Sfiora una segnaletica stradale e gira. Mi accorgo di avere le unghie impiantate nel sedile. Dico addio alla cattedrale. Accolgo l'imprevisto e le incognite.

«E nord sia! Direzione... lo scopriremo!» ride come un matto.

9. VERSO NORD

Sono passati circa dieci minuti. Dieci minuti di completo silenzio, interrotto solamente dal rumore di una bibita che dalla bottiglia passa alla bocca di Liam per poi finire nel suo esofago. Lui non parla, evidentemente, non ha domande da pormi. Io neppure parlo, ma di domande ne ho per una settimana. Guardo fuori dal finestrino e vedo da una parte alcune pecore che pascolano tranquille su un'enorme distesa di verde brillante, illuminate dai raggi del sole e da un'altra altre pecore che pascolano su un'enorme distesa di verde scuro, sotto un cielo grigio. È come se qualcuno avesse diviso in due il paesaggio con una linea e avesse dovuto decidere da che parte posizionare il sole. Liam è serio e concentrato alla guida del camper. Il silenzio viene rotto da due suoni in contemporanea, come se si fossero messi di comune accordo, la voce di Liam e la sveglia che mi ricorda di assumere il betabloccante.

«Ragazzina, hai fame?» bi-bip urla la sveglia del cellulare. La spengo subito.

«Un po', sì» in realtà ho talmente tanta fame che il braccio di Liam si trasforma sotto i miei occhi in un'enorme salsiccia.

«Bene. Vai dietro, alla tua destra c'è un piccolo frigorifero. Aprilo. Dentro ci dovrebbero essere dei sandwich. Prendine un paio... e qualcosa da bere». Slaccio la cintura di sicurezza e mi dirigo verso il frigorifero.

Il camper è enorme. Da fuori sembrava più piccolo. Subito alla mia destra vedo il piccolo frigorifero e sopra quella che potrebbe essere una dispensa. Subito dopo una cucina con lavello incorporato e cappa aspirante. Alla mia sinistra un lunghissimo e senza dubbio comodissimo divano con due poltrone. Al centro un tavolo rotondo. In fondo una tenda copre per metà un letto matrimoniale. Tutti i mobili sono in legno e dello stesso color nocciola. Il resto si concentra sulle possibili e infinite sfumature del blu fino ad arrivare all'azzurro delle tende.

«Se hai bisogno del bagno è di fianco al letto».

Mi abbasso per aprire la porta del frigorifero e qualcosa mi salta sulle spalle. Urlo e mi alzo. Liam scoppia a ridere.

«Ti presento Gatto».

«Sì, vedo che è un gatto» mi ha presa per scema?»

«No,no. Si chiama Gatto! Quando l'ho trovato per strada sperduto in mezzo al nulla ero in una giornata in cui peccavo di fantasia. A lui piace». Gatto è bianchissimo e con gli occhi di due colori diversi: uno verde e l'altro azzurro. Sta decidendo se includermi nella categoria degli ospiti graditi. Lo fisso e non distolgo lo sguardo. Lui socchiude gli occhi fino a farli diventare due fessure e poi all'improvviso si gira e se ne torna dietro la tenda da dove è venuto.

«Ti piacciono i gatti?»

«Sì».

«Bene. Io dico sempre di diffidare da chi non ama i gatti».

Prendo due sandwich dal frigorifero e due bottiglie di acqua. Dopo aver mangiato, bevuto e preso il betabloccante, inizio a sbadigliare.

«Non avrai mica sonno, ragazzina!»

«Un po'. Ma è l'effetto della medicina, mette sonnolenza». Non risponde e continua a guidare. Mi sveglio di soprassalto dopo non so quanto tempo. Liam deve aver preso accidentalmente una buca.

«Siamo quasi arrivati» annuncia.

«Dove?»

«Hill of Tara».

«Dove?» gli richiedo. Non ho mai sentito parlare di quel posto.

«Hill of Tara. Siamo nella Contea di Meath. Stiamo per giungere in un luogo sacro, ragazzina» dice, continuando a guidare.

«Dimmi di più!» il tono risulta supplichevole. Non era mia intenzione. Lui, serio e concentrato mentre continua a guidare, inizia a raccontare.

«Era la residenza di un antico popolo di dei chiamati Túatha Dé Danann. La loro origine risale a una stirpe divina che proveniva dalle terre a nord del mondo, scese sulla Terra dal nulla, avvolte dalle nuvole, e poi scomparsa nel nulla. Era la sede della scuola druidica degli Ard-Rì ed era anche la residenza dei Feniani, i Cavalieri del Destino, protettori dell'Irlanda. Vi era anche una scuola bardica e una per guerrieri. Se la guardi dall'alto ha la forma di un otto o dell'infinito. Qui, in passato, venivano investiti i re dove si erge la Lía Fáil, la Pietra del Destino. Il re doveva dare prova di essere stato scelto dagli dei, provando a volare sopra quella pietra. Si dice che essa parlasse quando veniva toccata dal re giusto. Se vai sulla sommità della collina, troverai un menhir che la rappresenta o forse è la vera pietra, chi lo sa» guarda la strada ma la sua espressione mi comunica che con la mente sta vagando indietro nel tempo. In un tempo dove druidi e re-sacerdoti praticavano le loro misteriose e antiche arti magiche.

«Il giorno più importante dell'anno era la festa del raccolto che si teneva durante il Samain. Oggi è diventato Halloween. Durante la festa, il re eliminava tutti i divieti e ascoltava cosa il popolo aveva da dire. Approvava leggi e tutti gli alterchi venivano risolti con grandi abbuffate e bevute, insomma, una grande festa dove tutti si divertivano».

«E poi, cosa successe?»

«Poi arrivarono i cristiani che presero subito di mira Tara e il filo diretto con la natura venne incrinato. Si dice che San

Patrizio accese un fuoco sulla Hill of Slane, un'altura vicino alla collina di Tara. Ma alcuni affermano che il fuoco fu acceso sulla collina sacra. San Patrizio accese il fuoco per annunciare l'avvento del cristianesimo in tutto il paese. Il re si infuriò perché aveva proibito di accendere fuochi in quel posto. I preveggenti druidi calmarono la sua ira dicendo che quell'uomo avrebbe sorpassato re e principi; così il re, insieme ai suoi servitori, lo raggiunse. Tutti tranne un certo Erc, salutarono San Patrizio con disprezzo. E qui arriva il bello. Si racconta che San Patrizio uccise delle guardie del re e provocò un terremoto per seppellire le altre. Poi raccolse un trifoglio e lo usò per spiegare la trinità. Non riuscì a convincere il re che non si convertì ma lo lasciò libero di proseguire per la sua strada. A questo punto Erc, rimasto incolume, si convertì. Venne battezzato e in seguito nominato primo vescovo di Slane».

«E che fine fece?»

«Nei suoi ultimi anni diventò un eremita. Ma la domanda corretta è: dove è sparita tutta quella conoscenza?» si volta per guardarmi, forse ha sentito cigolare le rotelle del mio cervello. Non capisco dove voglia andare a parare.

«Nulla si crea e nulla si distrugge ma tutto si trasforma». Questa la conoscevo.

«La... legge della conservazione della massa?»

«... in questo caso tutto si è trasformato in ombra». Non mi conferma i miei ricordi di fisica o di quello che era e si fa ancora più enigmatico di prima. Sento un "Miaooo" provenire dal fondo del camper. Sembra che Gatto stia cercando di aiutare Liam nell'arduo compito di farmi comprendere non so neppure io cosa. Liam sospira.

«Ombra che attende la luce giusta per farsi vedere e riconoscere. Senza luce, ragazzina, non puoi vedere l'ombra». Nel dubbio, rimango impassibile. Non muovo un muscolo del viso. Nessuna espressione. Liam scuote la testa come per farmi capire che sono senza speranza.

«Lascia perdere. Su questo vedo che sei come tuo padre.

Sai... tua madre aveva il Dono, ma non importa. Forza, scendi e vai a farti due passi. L'aria fresca di certo non ti farà male!» Sono stanca di tutti questi misteri e del suo comportamento. Inizia a irritarmi... è il momento di definire una linea di confine e di concordare qualche regola. Non voglio aggredirlo e, sinceramente, ho molta più voglia di visitare la collina di Tara piuttosto che litigare con un vecchio che ha deciso di mollare tutti per andarsene in giro con un camper! Su una cosa ha ragione, un po' di aria fresca non mi farà male. Scendo dal camper. Enormi nuvole grigie minacciano di regalare pioggia a volontà e del tutto gratuita. Incrocio le dita.

«Fai attenzione!» lo sento urlare da dentro il camper.

«A cosa?»

«Lo scoprirai... tu fai attenzione». Figuriamoci! Mai una risposta sensata che sia una. Ed esplodo.

«Vaffanculo!» gli urlo dietro. Lui ride.

«Così mi piaci! Carattere!» alza il finestrino del camper e sparisce nel retro. Rimango sorpresa. Carattere? Pensa che non abbia carattere? Che impressione gli ho dato? Affronterò dopo questo argomento. Si alza il vento e mi spinge verso la collina... Tara mi attende.

Vedo delle persone sopra alla collina e ancora più distanti vedo delle pecore. Mi incammino. Istintivamente guardo in basso e le vedo. Guardo meglio e sono ovunque. Escrementi di pecore ricoprono quel posto. Ora capisco a cosa dovevo prestare attenzione! Vado in modalità slalom e proseguo. Una goccia di pioggia mi invita a tirarmi su il cappuccio della felpa. Speriamo non inizi a piovere.

Dopo un tempo che mi sembra infinito, raggiungo le due colline che formano l'otto. Per salire, devo prima scendere. Durante il percorso il cuore inizia a battere più forte, ma è normale, lo sforzo fisico è considerevole. Riesco ad arrivare in cima alla collina e poco distante vedo la famosa pietra. Il cuore non smette di battere rumorosamente. Respiro profondamente e inizio a camminare.

Non c'è nessuno. Se mi succedesse qualcosa, sarei sola. Liam è distante. Ho lasciato il cellulare nel camper. «Smettila di pensare a queste cose Sara!» dico a me stessa. Ma non basta. La realtà è un'altra. La realtà è che non voglio sentire il rumore del mio cuore. Non lo voglio sentire. È troppo forte. La pietra sembra una parte di un dito storto che esce dal terreno. La raggiungo e mi inginocchio. L'abbraccio e mi sostengo. Il cuore continua a essere troppo rumoroso. Gli dico «No, non ora, ti prego». Mi sento una stupida mentre gli parlo. Continuo a respirare profondamente. Morirò? Mi verrà un infarto? La consapevolezza di essere malata mi travolge come un treno ad alta velocità. Un nodo nello stomaco sale fino alla mia gola e preme sulle labbra.

Urlo. Urlo per la rabbia, urlo perché, anche se so che non lo sono, mi sento sola. Urlo perché ho una paura fottuta di come sarà la mia vita. Sono terrorizzata. Vorrei distruggerla quella pietra sacra! Mi vengono i brividi e inizio a piangere. Lascio uscire tutto.

Dopo un lungo pianto mi sento meglio. In me c'è altro. È inutile, ci sono luoghi come le Cliffs of Moher, come questa collina, che sono… magici. Tutti i tuoi problemi ti vengono sottratti senza permesso e vengono dispersi. Hai la sensazione che ci sia altro di più importante, che si possano anche accantonare certi pensieri. I problemi vengono ossigenati. Mi incammino verso il camper e mi sembra occupino meno spazio. Mi sento più leggera, coraggiosa e… fiduciosa? Forse anche questo è parte dell'eredità di mia madre.

Chiusa la porta del camper, un' enorme stanchezza si impossessa di me. Liam mi fissa e sorride.

«Sì, somigli a tua madre… ragazzina! E comunque, c'è una strada meno "tortuosa" per arrivare alla pietra; ma ho avuto come l'impressione che ti servisse… come dire… allungare il percorso» Non ho voglia di parlare ora. Lo guardo solo.

La mia mente è completamente vuota. Nessun pensiero,

nessuna emozione. Solo la voglia di dormire, per un tempo infinito. Si può dormire per sempre? È quello che vorrei in questo momento. Sbadiglio.

«Vai pure se vuoi. Ti lascio il letto, io dormirò sul divano».

«Grazie» mi addormento, con la sensazione che un grosso macigno si sia sgretolato e sia diventato polvere. Le mie spalle sono libere ora.

10. LA CANZONE

Sono alla guida di una stupenda macchina rossa di cui non ricordo il nome ma non importa. Sfreccio come un lampo su una strada deserta in mezzo a verdi vallate. L'aria nei capelli è piacevole. È una decappottabile. Mi sento libera e sicura. A un tratto la strada diventa come gomma e si deforma costringendomi a rallentare e a prestare attenzione. Sembra di guidare sulle montagne russe. Il cielo azzurro lascia il posto al buio della notte, poi scorgo quella che sembra essere un'aurora boreale. Come se non bastasse, l'automobile si ferma. Impreco. Ho terminato la benzina. Non posso proseguire senza automobile, io sono l'automobile. La strada sotto di me continua a muoversi e mi trascina via con lei. Dove mi sta portando? Non mi rimane che cercare di non uscire di strada. Guardo fuori e vedo dei burroni senza fondo... sbando e precipito... un profumo di caffè abbraccia l'aria... mi sveglio di soprassalto. Mi guardo intorno spaesata e cerco di capire dove mi trovo. Ma soprattutto, ho bisogno di una doccia.

«Buongiorno Sara!» la voce di Liam mi richiama alla realtà del luogo.

«Buongiorno... ma che ore sono?»

«Sono le dieci del mattino. Hai dormito molto».

«Le dieci?»

«Sei per caso diventata sorda nel sonno? Le dieci sì. Ho preparato del caffè e del pane tostato con la marmellata. Ne vuoi?»

«... sì, grazie. Ma prima... potrei farmi una doccia?»

«Ma certo! In bagno trovi tutto ciò che ti occorre». Con una lentezza quasi fastidiosa, mi dirigo verso il bagno. Mi spoglio mentre attendo che l'acqua si scaldi e ripenso allo strano sogno. Che significato potrà mai avere? Di certo non è uno dei più strani. L'acqua calda porta via il senso di stordimento e di lentezza dato dall'aver dormito troppo.

«Merda!» dico ad alta voce.

«Cosa c'è? Tutto bene?»

«Sì, tutto bene... è solo che ieri sera non ho preso la medicina». Ma come ho fatto a non svegliarmi? Possibile che non ho sentito la sveglia del cellulare? E va bene. Non l'ho presa per anni... se per una volta non la prendo, cosa potrà mai succedere? Mi vengono in mente le parole di Milena «Il farmaco ti protegge dal punto di vista cardiologico e ti permette di vivere una vita quasi normale». Che stupida che sono! Ormai non posso certo tornare indietro nel tempo. Lo prenderò più tardi quando sarà ora.

Esco dal bagno rigenerata e sul tavolo trovo tutto pronto: una tazza di caffè fumante, un bicchiere di succo di mela, un piatto con due fette di pane tostato e un vasetto di marmellata di arance.

«Volevo prepararti la tradizionale Full Irish Breakfast, ma poi ho pensato che non saresti stata in grado di mangiarla. Più che altro di digerirla». Ha ragione. Uova, bacon, salsicce, pomodori, fagioli, patate e pudding alle dieci del mattino, non sarei riuscita a digerirli neanche in un anno.

«Io però alle tradizioni non rinuncio» aggiunge mettendo due fette di bacon in padella. Il profumo del caffè svanisce soffocato da quello del fritto.

Guardo fuori dalla finestra del camper e non riconosco il posto. Ci siamo mossi mentre dormivo.

«Dove siamo?»

«Siamo a Brú na Bóinne, uno dei più importanti siti archeologici di origine preistorica al mondo. È una necropoli neolitica ed è molto più antica di Stonehenge. È un'area molto vasta che comprende più di novanta monumenti; ma le attrazioni principali sono i grandi tumuli di Newgrange, Knowth e Dowth. L'ultimo è chiuso. Ti consiglio comunque di visitare Newgrange, a mio avviso è il più mistico» mi spiega come se fossimo seduti davanti al fuoco di un camino all'interno di una baita in montagna e poi si blocca.

«Perché il più mistico?» lo assecondo. Lui raddrizza le spalle e inizia con il suo racconto storico «Newgrange racchiude una tomba che è più antica delle piramidi d'Egitto di circa sei secoli. Il nome deriva dall'irlandese Cave of Gráinne ed il suo significato deriva dalla mitologia celtica. Si narra di un'amore illecito tra la moglie di Fionn McCumhaill, Gráinne e Diarmuid. Il primo era il capo delle Fianna ed il secondo era uno dei suoi luogotenenti più fidati. Un giorno, quest'ultimo venne gravemente ferito e il suo corpo venne portato a Newgrange dal dio Aengus nel tentativo di salvarlo. Gráinne decise di recarsi nella grotta dove rimase a vegliarlo dopo la morte. In quel luogo è anche stato concepito l'eroico Cúchulainn. Alcuni sostengono che il tumolo fosse circondato da un cerchio di menhir. Al momento sono rimaste solo dodici pietre verticali». Qualcosa avevo letto della mitologia celtica, ma al momento non ricordo assolutamente chi fossero queste persone.

«Al di là della mitologia, sappi che per oltre quaranta secoli neanche una goccia d'acqua è riuscita a raggiungere la camera funeraria! Una volta sapevano come costruire, non come ora! Inoltre, sopra l'entrata noterai una specie di finestra nella roccia. Durante il solstizio di inverno, che all'epoca coincideva con l'inizio dell'anno nuovo, i raggi del sole che sorge entrano in quella finestra, viaggiano lungo il corridoio ed arrivano ad illuminare quella che viene chiamata la camera funeraria». Non potevo crederci.

«Incredibile! Come per celebrare una... nuova vita?»

«O la vittoria della vita sulla morte contenente un messaggio di una vita per i defunti». E certo, mica poteva essere semplice e intuitivo il messaggio!

«Knowth possiede la più vasta collezione di arte funeraria antica mai scoperta nell'Europa occidentale. È stata abitata per molto tempo ma ti basta sapere che è stato trasformato in una roccaforte tra l'800 ed il 900 dopo Cristo per il potente clan degli Uí Néill. Nel 965 fu la sede di Cormac MacMaelmithic che sarebbe poi diventato alto re d'Irlanda per nove anni. Dowth fu meno fortunato. Nel tempo è stato danneggiato dai costruttori di strade, cacciatori di tesori, archeologi eccetera. Comunque sia, come dicevo prima, è chiuso al pubblico». Le storie di questo paese mi sorprendono continuamente. Penso di visitare sia Newgrange che Knowth. Però prima mi voglio togliere una specie di prurito.

«Cosa intendevi quando hai detto che mia madre aveva il Dono?» chiedo senza preavviso. Deve rispondermi. Non può tirarsi indietro. Si sorprende, evidentemente si aspettava qualche domanda inerente alle mie prossime visite, ma si ricompone immediatamente e fissa pensieroso un qualcosa fuori dal camper. Sembra che stia decidendo se rispondermi o meno.

«Lei affermava di essere in contatto, attraverso la natura, con il popolo dell'Altro Mondo. Folletti, fate, gnomi e altri. Mia sorella mi raccontava che spariva per periodi più o meno lunghi di tempo e che quando riappariva aveva una strana luce negli occhi. Sembrava più grande. Non nell'aspetto ma nello sguardo. Aiutava molte persone confezionando sacchetti contenenti erbe e dava consigli a chi era incerto sulla strada da percorrere. Per un periodo ha creato delle collane con delle pietre. Nessuno mai ha saputo cosa combinasse quando spariva. C'è però un retro della medaglia. Tua madre era convinta di portare sfortuna solo perché a volte succedevano alcuni incidenti in sua presenza. Non so cosa glielo avesse fatto credere. Gli incidenti durarono per un breve periodo, ma lei ne rimase segnata. Poi un giorno smise di sparire e si diede con più costanza alla musica e alla pittura. Fu un cambiamento netto. Mia sorella da quel momento non vide più quella luce particolare nei suoi occhi e quando le chiese cosa fosse successo, lei rispose che c'è un motivo se non ci è dato sapere del nostro futuro. Non dava segni di star male o altro, così mia sorella lasciò perdere. Tua madre non portava sfortuna. A volte le capitava di vedere più di quello che le persone normali vedono. Tutto qui. Ora li chiamano sensitivi e la maggior parte di loro sono solo ciarlatani; ma un tempo erano i druidi ad avere questo tipo di... Doni». Due ricordi escono improvvisamente da uno dei cassetti della mia mente. Ricordo un'influenza, ero bambina ed ero a letto. Ricordo mia madre che mi faceva bere una specie di tisana calda. Aveva uno strano sapore ma, diceva lei, con quella l'influenza mi sarebbe passata presto. Poi il primo giorno di scuola elementare. Nella cartella mia madre vi ripone un sacchetto contenente non so che cosa, mi dice che mi aiuterà per le nuove amicizie.

Scendo dal camper per avviarmi verso Newgrange.

Davanti all'entrata, una pietra fa da guardiana. Ci sono incisioni a spirale doppie e triple. Sembra un messaggio rivolto a coloro che hanno intenzione di entrarvi o a chiunque ne comprenda il significato. Un senso di rispetto mi pervade ed entro silenziosa. Vedo la finestra sopra l'entrata. Prima di entrare, ci giro intorno e noto che, oltre alla pietra posta davanti all'ingresso, ci sono altri undici massi che riportano delle incisioni simili. Terminato il giro ritorno al punto di partenza ed entro. L'aria è elettrica e penso di essere impazzita perché sembra quasi di sentire sussurrare. L'interno è molto buio e accendo la pila che mi sono portata dietro. Nonostante tutto, il mio cuore è tranquillo e sembra slegato da tutto quello che percepisco. La pietra è fredda e con una mano appoggiata ad essa inizio a percorrere il lungo corridoio. Più mi inoltro e più mi sembra che ci sia qualcosa di magico. Immagino i raggi del sole che entrano e lentamente si fanno strada lungo tutto il corridoio fino ad arrivare dove sono io in questo momento.

Come sarebbe la mia vita futura senza la malattia? Non lo posso sapere. Inizio a sentirmi leggera e intono una melodia a me famigliare. Mi catapulta di nuovo indietro nel tempo. Quando mia madre era nel suo negozio, mentre confezionava sacchetti di erbe e creava nuove miscele per il tè, solitamente cantava. Io l'ascoltavo rapita.

«Io, il vento sul mare,
io, l'onda contro la terra,
io, il fragore del mare,
io, il cervo dalle sette corna,
io, il falco sulla roccia,
io, la stilla nel sole,
io, l'albero più bello,
io, il cinghiale valoroso,
io, il salmone nella pozza,
io, il lago nella pianura
io, il luogo supremo della sapienza,
io, la parola dei poeti,
io, la possente lancia di vittoria;
io, il dio che accende il fuoco alla testa».

Non ricordo come continua. Decido di proseguire la mia visita. Sussurro un grazie e mi incammino verso l'uscita, che si presenta come una luce alla fine di un tunnel completamente buio. Tenendo la mano sulla pietra, la raggiungo.

Mi rimane addosso un po' di... magia e non ho più la curiosità di visitare Knowth ma non ne comprendo la ragione. Ritorno al camper pensierosa.

«Finalmente! Credevo fossi svenuta lì dentro!» Lo guardo e no, non mi sta prendendo in giro. Controllo l'ora. Sono stata dentro a Newgrange un'ora e mezza! Ma come è possibile? Sono sconvolta. Liam inizia a ridere e ora sono anche confusa.

« È l'effetto che fa a molti! È come se il tempo lì dentro

sia dilatato». La sua spiegazione non mi soddisfa ma non credo ce ne sia un'altra. È una percezione.

«Non hai visitato Knowth?»

«No.»

«Per quale motivo?»

«Forse... non volevo che si dissolvesse la sensazione che mi è rimasta addosso. Da quello che mi hai raccontato, il tumolo che ha destato in me più curiosità è quello di Newgrange. Uscita da lì, non ho sentito la necessità di visitare anche l'altro» non so se quello che ho appena detto ha o meno un senso, ma è quello che al momento mi passa per la testa.

«Liam... mentre ero dentro a Newgrange mi è venuta in mente una canzone che cantava mia madre... inizia con queste parole: Io sono il vento che soffia sul mare; sono l'onda dell'oceano...» Mi interrompe «Sono il mormorio dei flutti».

«Sì! È quella! La conosci?» Sorride.

«Sì, è la canzone di Amairgen».

«Di chi?»

«Amairgen. Un druido e bardo. Si narra che la cantò alla terra d'Irlanda durante un periodo difficile».

«E ti ricordi come termina? Io mi sono fermata a Sono la lancia che dà battaglia».

«Certo! Ma sappi che quando la cercherai, ne troverai un'altra versione». Annuisco, non mi interessa l'altra versione. Mi interessa la versione di mia madre.

«Chi sa spiegare le grandi pietre delle montagne?
Chi preannuncia le fasi della luna?
Chi sa dove dimori il sole?
Chi conduce le mandrie dalla dimora di Tethra?
Chi sono le mandrie ridenti di Tethra?»

Era questa la fine della canzone che cantava mia madre?

«Rimettiamoci in viaggio. Ultima tappa e poi

raggiungiamo Owen e famiglia».

«Dove andiamo?» sono emozionata e curiosa allo stesso tempo.

«Torniamo indietro. Prossima tappa Kildare, città dell'omonima contea».

«Miaoo» gli risponde Gatto. Liam effettua un'inversione a U e si mette in viaggio.

11. UN FUOCO PERENNEMENTE ACCESO

Di comune accordo decidiamo che io avrei cucinato qualcosa per il pranzo e lui avrebbe continuato a guidare. Impensabile per me guidare un camper dalla parte sbagliata della strada! Liam non ricorda cosa gli sia rimasto in dispensa ed in frigorifero, così mi dice di "frugare" un po' in giro alla ricerca di qualcosa di commestibile. Nella dispensa trovo del riso ed in frigorifero ci sono delle verdure: carote, zucchine, cipolle. Preparerò del riso alle verdure. Mentre attendo che l'acqua bolla, realizzo che ci sono questioni ancora aperte... Liam sicuramente è al corrente di quello che è successo a Moirin. Spero solo che ne voglia parlare, era sua sorella.

Quando ci sediamo a tavola siamo quasi arrivati a Kildare.

«Raccontami di Moirin» ho capito che le domande vanno effettuate a bruciapelo, senza tanto girarci intorno. Con Liam bisogna essere concisi e diretti.

«Cosa vuoi sapere di lei?» la voce è tranquilla e non noto nulla nel suo sguardo che attivi campanelli d'allarme.

Lascio decidere a lui cosa dirmi e cosa omettere. Conosce il motivo per cui sono qui in questo momento.

«Era una persona dolcissima. Molto tranquilla e pacata, a differenza di tua nonna che ne ha sempre combinate di tutti i colori. Mentre noi preferivamo giocare all'aperto, lei preferiva aiutare nostra madre nelle... questioni casalinghe.

Amava molto cucinare. Era più grande di me e aveva un anno in meno di Deirdre, ma è sempre stata molto responsabile, fin da bambina. Così diceva nostra madre» è la voce di un altro Liam, di un Liam passato, fragile e confuso.

«Sapeva essere divertente e ci faceva sempre ridere raccontando storie assurde di persone, secondo noi, immaginate. Era impossibile annoiarsi in sua compagnia. Tutti noi le abbiamo sempre invidiato i suoi capelli... erano stupendi e li portava lunghissimi. Quando il sole tramontava e i suoi raggi li colpivano sembrava che stessero per prendere fuoco da quanto erano rossi. Ailis li ha ereditati. È l'unica sua caratteristica che nel tempo ha deciso di tornare. Si sposò molto giovane, trovò un lavoro in un pub a Kilkenny e si trasferì in città con il marito. Poco dopo io mi trasferii a Galway per lavoro, mentre Deirdre decise di rimanere a Doolin. Un giorno andai a trovare mia madre e mia sorella a Doolin e tra un racconto e un altro si fece tardi. Decisi di rimanere a dormire nella mia vecchia stanza per poi ripartire il giorno dopo. Ricordo il suono del campanello in piena notte. Ci svegliammo tutti contemporaneamente e corremmo all'ingresso, il suono di un campanello in piena notte non porta mai buone notizie. Era il marito di Moirin, James, con in braccio il piccolo Owen. Owen dormiva tranquillo ma il volto del padre comunicava tutto tranne che tranquillità. Capimmo subito che era successo qualcosa a Moirin. Lo facemmo entrare. Deirdre prese in braccio il piccolo e lo mise sul divano. Tremando e piangendo James ci disse che Moirin era morta. Nostra madre per poco non svenne, mentre Deirdre rimase pietrificata. Per un lungo momento nessuno parlò. Fui io a chiedere spiegazioni. Mi disse che l'avevano trovata fuori, dietro al pub, per terra. Alla chiusura del locale dove lavorava era uscita per gettare l'immondizia. Non vedendola tornare, erano andati a controllare. Lei era lì per terra e non respirava. Provarono a rianimarla ma era troppo tardi. L'hanno portata in ospedale, inutilmente. Era già morta. Partimmo immediatamente per Kilkenny. Ricordo che mentre ero in macchina pensai: non importa se corriamo più veloci della luce, alla fine ci sarà sempre il buio ad attenderci. Quando arrivammo all'ospedale ci dissero che probabilmente era svenuta, e cadendo ha sbattuto la testa ed è morta. Ma mia madre volle sapere la causa dello svenimento ed insistette per effettuare un'autopsia. Le trovarono il cuore più grande del normale e nel referto leggemmo prolasso cardiocircolatorio. Aveva vent'anni. In quel momento collegammo tutti i suoi svenimenti passati. Le era già successo ma davamo la colpa alle mestruazioni o al lavoro. È svenuta perfino dando alla luce Owen! Che ignoranti!"

Il suo senso di colpa mi investe come un treno ad alta velocità, è una sensazione che ho già provato. È un qualcosa di già vissuto da altri. Il modo è diverso ma l'intensità è la stessa. Vorrei avere una spugna magica per cancellarlo. Vorrei fosse una fiaba per bambini dove si ha la certezza del "vissero felici e contenti", ma non è così. Questa è la vita vera.

«Non potevate saperlo. Era comunque una malattia non conosciuta a quei tempi». Non sembra avermi sentito.

«Con il tempo James si è creato una nuova famiglia e Owen ha avuto fratelli e sorelle. Non ha ricordi della sua vera madre, aveva un anno quando è successo. James gli ha parlato di lei, ma rimangono parole. Parole su una persona che lui non ha avuto modo di conoscere» Liam si alza e recupera una birra dal frigorifero. Prende un lungo respiro prima di stapparla e berla tutta d'un fiato.

«Comunque sia, è passato molto tempo da allora. Da quel giorno ho smesso di credere in Dio. Ho perso tutta la mia fede. Avevamo da poco perso due fratelli e nostro padre in mare, poi è toccato a Moirin. Eravamo arrivati al punto di domandarci chi sarebbe stato il prossimo». Come se avesse percepito il suo dolore, Gatto gli salta sulle gambe e inizia a fare le fusa. Strofina il muso e chiede implicitamente di essere accarezzato. Liam lo asseconda.

«È per questo che sono venuta in Irlanda. Per incontrarvi e per informarvi. Volevo conoscervi di persona e vorrei evitare che queste... storie si ripetano».

«Qual'è la tua storia?» Gatto alza la testa e mi guarda. Mi aspetto che da un momento all'altro mi salti sulle gambe ma non succede. Mi prendo del tempo e inizio a raccontarla. Quando termino Liam ritorna al frigorifero e prende altre due birre. Una la appoggia davanti a me. Perché no? La apro.

«Sei forte Sara! Non so quanti avrebbero intrapreso un viaggio come te. Alla ricerca di risposte che creano altre domande a cui dare risposte. Cercando di trasformare tutte le storie in un'unica storia con un unico denominatore comune... brindo alla tua!» E bevo con lui, in silenzio.

Quando ripartiamo evoco il Liam narratore e chiedo cosa c'è a Kildare da visitare.

«In realtà ce ne sono molte di cose da visitare, ma andremo solo in un posto: a visitare la statua di Santa Brigida. Aveva una personalità molto forte ed era molto determinata. Ma la ricordiamo anche per la sua generosità, la sua bellezza e la sua compassione. È la seconda patrona d'Irlanda dopo San Patrizio. Quando suo padre le scelse un marito per farla sposare, lei non ne volle sapere. Per fargli capire che faceva sul serio, si strappò un occhio con le mani. Dopo che prese i voti e che per errore venne letto il rito di ordinazione a vescovo anziché a suora, miracolosamente riprese la sua bellezza. Inoltre, come ogni sacramento, questo non poté essere annullato, così la sua autorità amministrativa fu pari a quella di un vescovo. Nel V secolo fondò a Kildare un monastero per suore e monaci».

«Vescovo? Sul serio?» domando stupita.

«Già. Alcuni lo riportano e altri no. Io la storia la conosco in questa versione. Comunque, l'elemento più curioso di tutta la vicenda, riguarda un fuoco. Vi era un fuoco tenuto perennemente acceso da venti vergini. Questo fuoco arse di continuo fino al 1220, quando venne spento per ordine del vescovo di Dublino. Secondo lui questa era una tradizione non cristiana. Viaggiò molto e compì molti miracoli. Una volta spillò birra da un solo barile per diciotto chiese in quantità tale che bastò dal Giovedì Santo alla fine del tempo pasquale. Vi è anche una preghiera dedicata. La sua croce si ottiene legando insieme dei giunchi o della paglia. La leggenda narra che un capo pagano locale si ritrovò sul letto di morte delirante e i suoi parenti cristiani chiamarono Brigida perché provasse a convertirlo. Ella gli si sedette accanto e cominciò a consolarlo poi prese dal pavimento dei giunchi e incominciò ad incrociarli per formare una croce. Il malato le chiese che cosa stesse facendo e mentre Brigida glielo spiegava egli cominciò a calmarsi e a chiedere maggiori spiegazioni. Quando poi Brigida ebbe finito di intrecciare la croce l'uomo si convertì e le chiese di essere battezzato. Sembra che sia stata bruciata all'alba dell'1 febbraio nel corso della festa di Imbolc. Così diventò la santa patrona del focolare, della casa, delle fontane e delle guarigioni. Si festeggia l'1 febbraio e il suo nome significa persona eccelsa, splendida, meravigliosa. Il suo nome è lo stesso di una delle più potenti divinità pagane: la Dea Brigida, dea del fuoco le cui manifestazioni erano il canto, l'arte e la poesia, che consideravano la fiamma della conoscenza». Parcheggia il camper vicino a un giardino. Siamo arrivati.

Il luogo è rettangolare, di un verde luminoso e delimitato da alberi. Davanti a me ci sono cinque pietre che rappresentano, mi dice Liam, gli aspetti della vita di Brigida e che servono per concentrare le preghiere: meditazione, ospitalità, carità, pacificazione e reverenza per la natura. In lontananza vedo la statua. È ritratta con vesti monacali e al collo porta una collana con una croce come pendaglio. La mano sinistra regge la fiamma e la destra un bastone da pastore. Gli occhi sono aperti e sembra guardino la fiamma. Ai suoi piedi c'è un vaso di fiori. Di fronte alla statua un ruscello sgorga e passa sotto a un arco di pietra. Liam si dirige verso un pozzo sormontato da una croce. Si inginocchia e fissa l'acqua silenzioso. Vicino c'è un albero con nastri, bavaglini, sciarpe, fazzoletti e sacchetti annodati ai suoi rami. Un attimo.

«Quella è la croce di cui mi parlavi?» noto quella che sembra una croce costruita con dei giunchi incrociati.

«Sì». Ricordo una fotografia di quando ero piccolissima. La stessa croce era intagliata nel legno della culla. La croce della santa patrona del focolare, della casa, delle fontane e delle guarigioni. Sorrido... delle guarigioni.

Liam si alza, estrae un nastro rosa dalla sua tasca e lo avvolge intorno a una parte di un ramo libera.

«Preghiere e desideri» dice sottovoce fissando il nastro rosa. Mi levo la sciarpa verde e la annodo di fianco al suo nastro rosa. Mi stupisco. Non aveva forse detto di aver perso la fede? Probabilmente poi qualcosa deve averlo riportato sulla vecchia strada.

«Preghiere e desideri» sussurro anch'io. E per la prima volta dopo tanto tempo mi ritrovo a pregare e a desiderare. L'unico suono presente è quello di un timido vento che muove le foglie degli alberi. Anche lui, come noi, cerca di ridurre al minimo il rumore. Mentre ci incamminiamo verso il camper in religioso silenzio, mi sento come se avessi messo tutti i miei desideri in una scatola e li avessi lasciati lì. Come se avessi lasciato che quel posto li custodisse per me, li realizzasse per me. Trovo Gatto acciambellato sul sedile del passeggero. Mi guarda e miagola come per chiedermi cosa c'è che non va. Lo accarezzo per un po' e lui, quando si sente soddisfatto, mi lascia il posto e si dirige verso il divano.

12. LA CENA AL COTTAGE

Ed eccola qui, la pioggia. Non è una pioggia normale, sembra di essere sotto a una doccia che occupa tutto il cielo. Scende ininterrottamente e con violenza. Dura poco più di cinque minuti, perché il cielo d'Irlanda è un palcoscenico dove, a volte, lo spazio viene condiviso da più attori.

«Ti piacerà il luogo verso il quale siamo diretti. Achill Island, nella Contea di Mayo, in questo periodo è quasi deserta. I turisti rimasti si possono contare sulle dita di una mano. Sai, c'è una profezia legata al treno di Achill».

«Una profezia?» lo guardo curiosa. Lui sorride compiaciuto.

«Una volta un profeta di nome Brian Rua O'Cearbhain ebbe una visione. Secondo lui dei carri su ruote, sbuffanti fuoco e fumo, avrebbero in futuro percorso una zona di Achill Island. Nel loro primo viaggio e nell'ultimo avrebbero trasportato cadaveri».

«Un po' macabra come profezia!»

«Già, infatti la chiamano la macabra profezia del treno di Achill. Ma, essendo una profezia, essa si sarebbe dovuta realizzare. Nel 1894, appena terminati i lavori della linea ferroviaria per Achill, trentadue giovani del posto annegarono nelle acque di Clew Bay. Il primo treno che percorse la tratta da Westport ad Achill fu utilizzato per portare i cadaveri dei giovani alle famiglie in lutto».

«Non ci credo!»

«E non finisce qui! Quarantatré anni dopo, nel 1937, la ferrovia aveva smesso di funzionare. Ma dieci lavoratori emigrati di Achill rimasero uccisi in un incendio in Scozia. La linea ferroviaria venne riaperta per un ultimo viaggio. In quest'ultimo viaggio il treno trasportò i cadaveri di quei dieci lavoratori ad Achill per la sepoltura». Ora l'Irlanda poteva vantare di aver avuto anche un profeta. Quest'isola non finisce mai di sorprendermi e sono sempre più fiera di farne parte.

«A Owen piacciono la solitudine, la pesca e l'arrampicata. Per questo ha scelto di acquistare un cottage in quell'isola e anche perché c'è un solo ponte girevole che la collega alla terraferma». Un dubbio mi si insinua prepotentemente nella mente. Sono attività che può svolgere tranquillamente, in caso fosse stato scelto anche lui dalla malattia?

«So a cosa stai pensando. Owen non ha mai avuti problemi di salute. La piccola Maeve è la bambina più bella che io abbia mai visto! Ha preso il meglio della madre e il meglio del padre. Vedrai. Poi è intelligentissima... sicuramente è nata sotto una buona stella».

«È questo che hai espresso a Kildare? Che lei non abbia problemi al cuore?» L'espressione di Liam cambia per un millesimo di secondo. Mi sembra di aver intravisto della sorpresa nel suo volto.

«Ci ho azzeccato, vero?» Forza Liam, ammettilo!

«I desideri non vanno mai verbalizzati o non si avvereranno!» Sì, certo, come no!

«Non occorre che tu lo dica, mi basta un cenno della testa».

«Vammi a prendere una birra... per favore» lo prendo per un sì e vado a recuperare una birra dal frigorifero.

Arriviamo ad Achill Island dopo più di tre ore di viaggio, durante le quali scopro come è terminato l'incontro tra mio padre e Nonna Deirdre. Da quello che mi ha raccontato Liam, sembra che mio padre sia uscito immediatamente di casa. Fiona iniziò a urlare contro la madre e quest'ultima le rispondeva. Silenzioso come un gatto mio padre uscì di casa e se ne andò, lasciando un biglietto sulla soglia, sarebbe ripassato dopo cena. Non si arrese e non si fece intimidire dai modi bruschi di Deirdre. Non arrivò mai al conflitto anzi, più Deirdre si dimostrava aggressiva e più lui si comportava con gentilezza e rispetto. Fecero un accordo. Lui sarebbe tornato in Italia e, se avesse sentito la mancanza di Fiona, allora lei avrebbe acconsentito al loro matrimonio. Quando lui partì Fiona passò tutto il tempo in camera sua. Aspettava dormendo. Mangiava pochissimo e passava il tempo a dormire. A volte dipingeva.

Passarono due settimane e di lui nessuna traccia, nessuna telefonata, nessuna lettera. Deirdre non conosceva il carattere di lui ma conosceva bene quello della figlia. Sapeva che si faceva travolgere e trasportare da passioni ed emozioni che poi si spegnevano, quindi bastava attendere e tutto sarebbe tornato come prima e lui sarebbe finito senza più alcun potere, da qualche parte nella mente di Fiona. Questa volta, però, le sue conoscenze risultarono errate.

Una sera qualcuno suonò alla porta di casa. Deirdre disse a Fiona di scendere, qualcuno la stava aspettando sulla soglia. Era lui. E lì, in ginocchio, le chiese di sposarlo. Deirdre nutriva ancora qualche dubbio su di lui e sulla questione ma decise di accettare qualsiasi decisione i due avessero preso per il futuro. Sembra una storia d'amore in piena regola. Sono curiosa di conoscere la versione di mio padre, appena tornerò in Italia sarà una delle mie prime domande. Sorrido nel pensare a nonna Deirdre rassegnata davanti all'evidenza.

Ad Achill Island un forte vento sembra raccogliere l'acqua dall'Oceano Atlantico per poi lanciarla con forza sugli scogli. L'impatto è talmente forte che nuvole di spuma bianca rimbalzano sugli scogli per poi schiantarsi contro il camper. Decisamente non è giornata per uscire in mare. Owen, non sarai mica uscito a pescare con un vento di questa forza?

Ci inoltriamo nella brughiera e, grazie a un cartello, scopro che ci stiamo dirigendo verso un paese di nome Keel. Alla fine di una lunga strada dove al posto delle righe bianche c'è l'erba, Liam parcheggia il suo camper. Alla nostra destra un cottage che presumo sia di Owen.

«Aspettami qui fuori». Scendo dal camper. Il cottage è completamente bianco con alte finestre. La porta d'entrata è rosso vivo e noto un'altalena di legno nel giardino. Quando Liam mi raggiunge lo vedo lavato e profumato. Indossa abiti puliti e regge il regalo per Maeve. Al suo fianco Gatto un po' assonnato inizia ad annusare l'aria e si dirige verso l'erba per assaggiarla. Prima di suonare, Liam si liscia la barba e si sistema i capelli.

Ci apre una donna sui... trentacinque anni? Rimango più generica e stimo tra i trentacinque e i quaranta. Li porta comunque bene. È molto alta, sul metro e ottanta. I capelli sono lunghi ricci e neri e ha grandi occhi di colore castano scuro, molto vicino al nero. La carnagione è olivastra, molto il che è raro da queste parti. Quando riconosce Liam la bocca si apre in un sorriso che mostra una fila di denti bianchissimi e perfetti. Lo abbraccia e poi si accorge di me.

«Piacere, Sara».

«Piacere, Beatriz» risponde. La stretta di mano è forte e sicura. Liam prende la parola e le spiega chi sono e da dove vengo. Non le dice nulla sul motivo del mio viaggio.

«Prego, accomodatevi!» Gatto entra per primo correndo solo lui sa dove. Poi sento profumo di pesce e intuisco la sua meta: la cucina. Il salotto è tutto in legno, compreso il pavimento. Due poltrone sono rivolte verso un caminetto scoppiettante e altre due lo osservano lateralmente. Una porta separa il salotto dalla cucina dove intravedo un tavolo, sempre in legno. Nessuna televisione, niente soprammobili. Solo qualche pennarello colorato sul tappeto e qualche libro appoggiato sopra il tavolino tra il divano e il caminetto. Qualcuno si sta occupando della cena e il mio stomaco inizia a brontolare. Dalla porta della cucina appare un uomo sulla cinquantina... credo, molto alto anche lui. Capelli rossi e grandi occhi azzurri. Ha lo stesso azzurro luminoso di Liam. Leggere lentiggini gli coprono il volto e le braccia.

«Liam! Cosa ci fai da queste parti?» altro abbraccio e la consegna del pacco.

«Ero di passaggio e ho pensato di vedere se eravate qui. Ho comprato un regalo per la piccola, domani è il suo compleanno» lo sguardo di Owen comunica: beccato!

«Liam, sapevamo che saresti venuto qui... ci ha chiamati Nora per avvisarci che saresti arrivato con un ospite».

«Quella pettegola di Nora! Lei è Sara» si concentra su di me per uscire dalla situazione di imbarazzo. Sorrido. Mi presenta con le stesse parole utilizzate con Beatriz.

«Benvenuta Sara, ma accomodatevi, la cena è quasi pronta. Non avete già cenato vero? Ho cucinato del pesce pescato questa mattina con patate e carote al forno».

«Gattoooo!» un urlo di bambina ci distrae. Gatto se ne esce veloce come un fulmine e si nasconde sotto la poltrona davanti al caminetto. Subito dopo una bambina passa dalla cucina al salotto. Liam aveva ragione, è la bambina più bella che io abbia mai visto. I capelli hanno preso le onde della madre e hanno mescolato il colore di Beatriz con quello di Owen. Il risultato è un castano scuro con riflessi ramati che fa risaltare la sua pelle diafana e i grandi occhi azzurri presi dal padre. La bocca ha la forma di un cuore come quella della madre e due fossette appaiono quando ride. Quando si avvicina alla poltrona per vedere se Gatto si è nascosto lì sotto, noto una spruzzata di efelidi sugli zigomi e sul nasino.

«Gatto!» urla allungando una manina sotto la poltrona. Ma lui non si fa prendere. Con la stessa velocità con la quale si è nascosto sotto la poltrona, ora se ne esce per saltare sopra un mobile che, come altezza, si avvicina molto al soffitto. Dall'alto della sua postazione la fissa sfidandola a raggiungerlo.

«Maeve! Guarda chi è venuto a trovarti» la piccola si volta e i suoi occhi acquistano una luminosità tutta loro, come se all'interno della sua testa qualcuno avesse acceso una luce.

«Liam!» inizia a correre ridendo, si attacca a lui imitando un koala e stringe forte. Poi si volta e mi guarda seria.

«Ciao, io sono Sara» mi presento. Si illumina e mi restituisce un sorriso enorme con tanto di fossette al seguito. Si scosta da Liam e allunga le braccia. Non ricordo dove, ho letto che l'abbraccio rafforza il sistema immunitario, combatte lo stress e lenisce le situazioni di panico. Maeve è una maestra degli abbracci perché poco dopo mi sento meglio. Un desiderio prende forma nella mia mente e, in questo preciso momento, incrocio le dita per lei. Non voglio che entri a far parte del gruppo dei meno fortunati. Come se avesse percepito dei movimenti nella mia testa, Maeve inizia a guardarmi con attenzione.

«Sei bella!» mi dice. Rimango sorpresa.

«Grazie, ma tu sei più bella».

«Lo so! Io sono la più bella!» alla faccia dell'autostima. La piccola non scherza.

«E sono anche intelligente, lo sai? Tu sei intelligente?»

«… presumo di sì…» le rispondo. Iniziamo bene. In tutto questo Gatto è sceso silenziosamente dal mobile per ritornare in cucina, ma sembra che la piccola Maeve lo stesse tenendo d'occhio.

«Mettimi giù» mi chiede. Una volta a terra inizia a correre verso la cucina ma si blocca davanti al tavolo del salotto.

«È per me quello?»

«Certo che è per te, domani è il tuo compleanno o sbaglio?» le risponde Liam.

Beatriz ci accompagna in cucina dove stappa una birra per Liam e dove mi offro di aiutarla a preparare la tavola.

«Uhm… e sei venuta fino a qui solo per conoscere i tuoi parenti?» mi chiede Owen il quale ovviamente ha intuito che qualcosa manca nel racconto. Purtroppo non è abbastanza intuitivo da capire che non ne vorrei parlare davanti alla piccola Maeve. Guardo Owen e sono in evidente imbarazzo, poi guardo Maeve e poi di nuovo Owen.

«Sono cose da grandi?» mi chiede la piccola. Beccata! Ma come cavolo...

«Non le si può nascondere nulla» mi dice Beatriz.

«Effettivamente, sono... cose da grandi... mi spiace». Maeve diventa pensierosa.

«Allora lo dirai quando io andrò a dormire. Le cose da grandi si dicono quando i bambini vanno a dormire» poi riprende a mangiare.

«Owen, hai conosciuto la madre di Sara, Fiona? Era la figlia di mia sorella Deirdre» chiede Liam a metà pasto. Incrocio le dita... forse avrò altri ricordi da aggiungere a quei pochi che mi sono stati raccontati da Ailis.

«Sì. Una sola volta. Avevo bisogno di un consiglio... particolare. Caitlin, la figlia di Liam, mi ha consigliato di parlarne con tua madre» non continua. Si ferma e per lui va bene così, ma per me no.

«E...» lo incoraggio a continuare.

«Ricordo che è arrivata a Kilkenny insieme ad Ailis. Abbiamo parlato per due ore e mi ha donato una collana con una pietra da portare sempre con me. Per quel poco tempo condiviso con lei, posso dirti che mi è sembrata... eccentrica, gentile e disponibile. Mi spiace ma questo è tutto quello che posso dirti».

«Capisco. E la pietra ti ha aiutato?»

«Il problema che avevo poi si è risolto in fretta. Grazie a lei» Owen è di poche parole. E io non posso certo obbligarlo a raccontarmi le sue questioni personali.

Mezz'ora dopo siamo tutti e cinque seduti sul divano, davanti al fuoco e con in mano una birra a testa. La piccola Maeve chiede se può andare a disegnare in camera sua. Concesso. Attendo di sentire la porta chiudersi per iniziare. Svelo il motivo del mio viaggio in Irlanda e racconto chi ho incontrato. Liam ogni tanto mi interrompe menzionando Moirin. Spiego l'importanza delle analisi e poi attendo. La chiarezza con la quale ho esposto la vicenda mi sorprende.

L'averla ripetuta mi ha dato sicurezza. Owen diventa serio mentre Beatriz gli mette una mano sulla spalla.

«Non ho mai avuto sentore che qualcosa nel mio cuore non vada. Ma... se questa malattia è genetica, significa che c'è una probabilità che io l'abbia trasmessa a Maeve. Sarebbe...» si ferma e guarda Beatriz che fino a quel momento è rimasta in silenzio.

«Non pensiamo al peggio. Prima ci occupiamo delle analisi e poi, in base ai risultati, ci faremo prendere dall'ansia oppure no. Comunque sia, mi sembra di aver capito che Sara, in caso di positività, ci sarà di appoggio» gli sorride ed è uno dei sorrisi più dolci che io abbia mai visto. Comprende immediatamente che, anche se Maeve risultasse positiva alla malattia, la colpa non è di certo di Owen. Non si decide cosa trasmettere e cosa non trasmettere geneticamente.

«Assolutamente sì» confermo la mia disponibilità.

«Quante birre?» chiede Liam. Owen e Beatriz alzano la mano.

Sentiamo Maeve che chiama la madre dalla camera. Beatriz la raggiunge per poi ritornare subito.

«Maeve chiede se le leggi una favola. Di solito gliela leggo io prima che si addormenti, ma oggi vuole te. Deve averti preso in simpatia».

«Certamente!»

«Per quanto riguarda la sistemazione notturna, se vuoi in camera sua c'è un letto in più, puoi dormire lì se preferisci».

«Sceglie sicuramente il letto» Liam risponde per me.

«Sono stanco di dormire sul divano, per quanto comodo sia».

«Per me va bene» rispondo.

Dieci minuti dopo sono sotto le coperte con Maeve e leggo una leggenda di un druido che per sette anni cercò di catturare un particolare salmone. Chi ne avesse mangiato le carni avrebbe acquisito grande saggezza e preveggenza. Riuscì a catturarlo nel momento in cui un certo Fionn McCumhaill giunse al suo accampamento per chiedere indicazioni. Sfiga vuole che il druido dovesse allontanarsi e chiese a Fionn di controllare il salmone che si stava cucinando sul fuoco, raccomandandosi di non assaggiarne neanche un pezzetto. Tanta ricerca per poi lasciare il salmone a uno sconosciuto? Bah! Comunque, mentre Fionn si stava occupando del salmone, una goccia di olio bollente schizzò diretta sul suo pollice. Lui lo mise in bocca. Quando il druido ritornò, si accorse di quello che era successo... ormai era troppo tardi. Fece mangiare il salmone a Fionn il quale acquistò il dono della saggezza e della preveggenza. Ma perché deve sempre accadere un qualcosa che scombussola i piani del protagonista?

13. UN ALLEGRO COMPLEANNO

Apro gli occhi con qualcuno che mi sta scuotendo e urla «Svegliaaaa! È il mio compleanno!» mi accorgo che mi sono addormentata con in mano il libro che le stavo leggendo ieri sera. Maeve continua ad urlare ed a scuotermi... e se la facessi volare fuori dalla finestra? Forse imparerebbe a volare, è una competenza che ti permetterebbe di non dover usare autobus, automobile, bicicletta e quant'altro per recarti a scuola, al lavoro... Ho bisogno di un caffè. Smette di urlare ed inizia a saltare sul letto.

«Maeve... scendi e lascia in pace Sara!» Beatriz, santa subito. Sono infastidita. Mi vesto, mi lavo con calma e mi preparo ad affrontare il terremoto che sento al piano inferiore. Respiro profondo e via.

«Buongiorno a tutti» dico appena arrivata.

«Buongiorno anche a te Sara!» il salotto sembra essere uno scenario post apocalittico dove le armi utilizzate vengono comunemente chiamate carte da regalo. Maeve sembra posseduta e continua a correre, a saltare e a ridere in mezzo al casino. Beatriz mi viene incontro con una tazza in mano. Fa che sia per me, fa che sia per me, fa che sia caffè!

«Tieni, del caffè caldo. In cucina ci sono biscotti, fette biscottate, marmellata. Se vuoi posso scaldarti due fette di pane».

«Grazie. I biscotti andranno benissimo» mi avvio verso la cucina quando spunta Gatto da non so dove e mi passa in mezzo alle gambe a tutta velocità per poi sparire. Per poco non finisco a terra... un bel volo... potrebbe essere il compagno di volo di Maeve... è triste volare da soli... urge altro sorso di caffè. Arrivo illesa in cucina e mi siedo.

«Non mi sono mai abituata alle loro colazioni» mi dice Beatriz «io sono spagnola. Ero in vacanza in Irlanda quando ho conosciuto Owen» si perde in qualche ricordo del passato.

«Stavo contando le monetine nel mio portafoglio per capire se riuscivo a ordinarmi un'altra birra, quando lui si sedette di fianco a me al bancone del pub e mi mise davanti una pinta. Iniziò così. Era allegro, spensierato e gli piaceva divertirsi. Ogni occasione era buona per festeggiare» le sue parole e il tono che usa non combaciano con la sua espressione. È distante e sembra triste. Decidiamo di tornare in salotto, in fondo c'è un compleanno che ci attende.

«Maeve! Hai già aperto i regali?» chiede alla piccola.

«Sì!»

«Ma... perché non hai aspettato?»

«Perché sono miei, tutti miei!» e raccoglie pezzi di carta da regalo dal pavimento che poi lancia in aria. Maeve, dopo aver trovato e recuperato i regali da sotto la montagna di carta colorata, li posiziona tutti sopra il tavolo: vestiti, bambole e libri.

«Guarda, questo me lo leggerà mamma questa sera!» mostra al padre un libro di saghe e leggende irlandesi. Owen guarda Liam.

«La storia, Owen, la storia. Non va dimenticata e che tu ci creda oppure no, ogni storia ha un fondo di verità». L'espressione di Owen comunica rassegnazione. Ma ha una sorpresa da comunicare e non vuole attendere.

«Forza! Ora mettiamo tutto in ordine e poi ci prepariamo che andiamo fuori a pranzo».

Mentre Maeve e Owen riordinano il salotto, io e Beatriz ci occupiamo della cucina.

Se non fosse per l'insegna, da fuori sembrerebbe una

grande casa. Il luogo scelto per il pranzo è completamente bianco con gli infissi neri. La sensazione che trasmette, anche all'interno, è di un luogo elegante. Veniamo accompagnati al nostro tavolo da un ragazzo giovane e sorridente. Tavolo bianco, sedie bianche... il bianco regna sovrano in questo posto. Oltre ai tipici piatti irlandesi, il menù contiene delle varianti come l'insalata greca che attira subito la mia attenzione. Poi opto per il pesce, quello che aveva preparato Owen era squisito, spero in un bis. Il clima è allegro, Owen e Liam chiacchierano di pesca e l'ombra che prima era presente sul viso di Beatriz è sparita. Maeve ci tiene a comunicare a tutti quelli che le si avvicinano che oggi è il suo compleanno.

«Cosa farai quando diventerai grande?» le domando curiosa. La vedo concentrata nel pensare e poco dopo mi risponde «La mantenuta!» e ridiamo.

Il pranzo è ottimo e l'apice dell'allegria lo raggiungiamo all'arrivo del dolce. Una torta immensa viene appoggiata sul nostro tavolo e i camerieri cantano tanti auguri. Maeve esprime un desiderio e soffia sulle candeline. In quel preciso istante suona la sveglia del mio cellulare che mi ricorda il farmaco. Questa volta nessun pensiero negativo pervade la mia mente. È solo una piccola parentesi della mia vita. Mentre cerco il farmaco nella mia borsa, vedo i fogli sui quali mi ero appuntata i luoghi da visitare una volta atterrata sull'isola di smeraldo. Il viaggio non si è svolto come l'avevo organizzato. Sorrido. La vita non manca mai un colpo, è sempre pronta a ricordarti che non sei solo tu l'artefice del tuo destino. Alcune questioni le hai in mano tu, altre qualcun altro, o qualcos'altro.

Ci salutiamo davanti al camper.

«Tornerai a trovarmi?» mi chiede Maeve.

«Ma certamente!» poi mi si avvicina e io mi abbasso. C'è qualcosa nei colori di questa terra. Qualcosa presente anche nei colori delle persone che vi abitano. È come se fossero più carichi, più luminosi. Maeve mi sorride mostrando le fossette e la sua personale luce negli occhi. Poi mi abbraccia... un desiderio prende forma... ed è sempre lo stesso.

«E tu zio Liam?»

«Certo che sì» un abbraccio anche per lui.

«Grazie per essere venuta, Sara» Beatriz mi stringe la mano.

«Ci teniamo in contatto... fatemi sapere».

«Certamente» risponde Owen. Mi abbraccia e mi sussurra un grazie. È preoccupato, come Beatriz. Sono preoccupati per Maeve. Non nascondo che lo sono anche io. Quando di mezzo ci sono bambini, tutto assume un'importanza diversa.

«Miaooo!» Gatto esce da dietro la casa e ci raggiunge correndo. Maeve si volta e cerca di afferrarlo mentre le passa affianco, ma le sfugge dalle mani. Con un balzo si nasconde al sicuro dentro al camper.

«E ora?» chiedo a Liam. In teoria dovrebbe riportarmi all'automobile parcheggiata da Nora ma non ne sono certa.

«Ora andiamo da mia sorella».

«E l'automobile?» lo sapevo.

«Ci ha pensato Nora... diciamo che mi doveva un favore. L'ha portata a Doolin».

Il mio viaggio sta per giungere al termine. Un'ultima tappa e poi ritornerò a casa.

14. ERA DI TUA MADRE

Nonna Deirdre ci sta aspettando sulla soglia della pensione. Quando scendiamo dal camper ci accoglie con un gran sorriso.

«Bé, io vi saluto e riparto per un lungo viaggio... ci sono luoghi da scoprire che stanno aspettando solo me». Ringrazio Liam per i giorni passati insieme e per il suo sostegno. Un abbraccio è d'obbligo.

«Ci rivedremo?» domando.

«E chi può saperlo. C'è un solo modo per scoprirlo: dovrai tornare in Irlanda!»

Un occhio di Gatto ci sta osservando attentamente da dietro una tenda. Lo saluto e lui scompare balzando da qualche parte nel camper.

Racconto alla nonna del mio insolito viaggio e le porto i saluti da parte di tutti. Soprattutto quelli di Caitlin, la quale ha gradito la torta. Con un certo timore entro nell'argomento mamma. Di come sono rimasta sorpresa da quello che Ailis mi ha raccontato su di lei.

«Dopo la morte di mio marito, tuo nonno, l'ho sempre lasciata libera di... vivere. È sempre stata particolare. Da bambina rimaneva ore a osservare gli alberi. La mattina in cui tuo nonno è morto a causa di un incidente automobilistico, Fiona non la smetteva di piangere. Non capivo cosa avesse. Non era ammalata ma continuava a urlare e a piangere. Quando poi mi chiamarono per avvisarmi di quello che era successo, guardai Fiona. In qualche modo lei lo sapeva. Non mi sono spaventata, non mi sono preoccupata. Lei aveva qualcosa di speciale. Mio padre, il tuo bisnonno, mi diceva spesso che nel nostro sangue scorreva il sangue di antichi druidi e di antichi bardi. Non gli ho mai creduto. Fino alla nascita di tua madre. Forse avrei dovuto starle più accanto, forse avrei dovuto aiutarla nel... delineare un percorso. Tutto sommato non è andata poi così male... siamo arrivati a te». Non mi sorprendono le sue parole. È un altro pezzo del mio puzzle che si incastra perfettamente nella parte dedicata a mia madre.

Dopo cena mi stendo sul letto. Entrare in questa stanza non mi provoca le stesse sensazioni della prima volta. L'emozione è meno intensa ma comunque presente. Sono... tranquilla e ripensando alla mia particolare famiglia, sorrido. Ho fretta. Voglio tornare a casa per condividere con mio padre e con Daiana tutto quello che ho assimilato durante questo viaggio e raccontare loro dei miei incontri. No, non sono sola. Non sono sola in questa lotta, siamo in molti a dover rimanere vigili. Sento una responsabilità verso di me e verso chi ho incontrato. Il comprendere meglio questa malattia è di aiuto non solo a me ma anche agli altri. Non basta avere un paracadute, bisogna anche imparare a piegarlo correttamente in caso lo si debba aprire. Ci si deve allenare per un eventuale lancio.

Prima di partire la nonna dice di volermi regalare una cosa speciale.

«Era di tua madre. Prima era mio e prima ancora di mia madre e via dicendo». È un anello, con due mani che abbracciano un cuore sormontato da una corona.

«Si chiama Claddagh» continua «è il tradizionale anello matrimoniale irlandese ed è simbolo di amore, lealtà, amicizia e fedeltà. In base a come lo porti, assume un significato. Nella mano destra con la punta del cuore rivolta verso la punta delle dita, significa amicizia. Sempre nella mano destra con il cuore puntato verso il polso, significa fidanzamento. Se invece lo indossi nella mano sinistra con il cuore puntato verso il polso, significa matrimonio». Lo indosso immediatamente.

«Grazie nonna». Non servono altre parole. Ci salutiamo così, con un anello, un abbraccio e con la promessa di ritornare da lei, appena possibile.

EPILOGO

Sono passati alcuni anni dal mio viaggio in Irlanda alla scoperta di quella terra magnifica, delle persone scelte dalla malattia e di quelle da lei scartate. Appena uscita dall'aeroporto mi sono imbattuta in mio padre e Daiana che reggevano un cartello con scritto «Miss Sara, we are here!». Ricordo che abbiamo passato la serata davanti a una pizza. Non smettevo di raccontare del mio viaggio e loro non smettevano di pormi domande.

Ogni estate passo un po' di tempo con la mia famiglia irlandese. Nonna Deirdre è risultata portatrice sana della malattia, come sospettavamo. Ho scoperto che quando ha telefonato a tutti i parenti per avvertirli del mio arrivo, ha chiamato anche mio padre. Sono stati al telefono per più di un'ora, durante la quale lei si è scusata e mio padre le ha rivelato che, sebbene non fosse possibile, a volte credeva che la colpa della morte di mia madre fosse veramente sua. Il Natale scorso è venuta a trovarci, in compagnia di Ailis e i gemelli. Nonna non aveva mai preso un aereo in vita sua e ha pregato per tutto il tempo del viaggio. Lei e mio padre hanno creato un rapporto un po' più tranquillo. Ogni tanto litigano ma poi il tutto si conclude con una risata o con me che cerco di impersonare la figura del paciere. Siamo ancora agli inizi, ma sono fiduciosa.

Ailis e i gemelli stanno bene. Lei è risultata negativa al test genetico, mentre i gemelli sono risultati entrambi positivi. Anche suo padre è risultato positivo. Ci scriviamo spesso lunghe mail dove io le chiedo di raccontarmi stralci di vita di mia madre e lei mi risponde puntuale con qualche episodio allegando fotografie che racchiudono istanti di vita passata.

Liam è ancora in giro per l'Irlanda con il suo camper, ogni tanto mi arriva una cartolina di un qualche luogo incantato con dietro scritto due righe su quel posto e la sua magia. Si è rifiutato di sottoporsi agli esami, dicendomi «Ragazzina, la mia vita ormai l'ho bella che vissuta! Chi se ne frega. Quando sarà la mia ora, me ne andrò comunque in pace».

A Caitlin hanno cambiato i farmaci e ora esce più spesso di casa. Il defibrillatore ha smesso di dare scariche senza un motivo apparente. L'ultima volta che l'ho vista stava insieme a un ragazzo di nome Loch. Lavora nel campo dell'informatica ma non ho ben capito di cosa si occupa.

Owen è risultato positivo al test genetico ma sembra essere un portatore sano. La piccola Maeve (sempre più bella) invece, è risultata negativa.

Oggi sono membro attivo dell'associazione che mi ha accolta. Da loro ho appreso che se mi attengo alle regole, posso guardare la vita con più sicurezza. Finalmente ho imparato a vivere seguendo il suono aritmico del mio cuore, e ho scoperto che forse quel Dono che ha accompagnato la storia di mia madre, quell'antico eco di druidi, mi appartiene, esattamente come le verdi e vibranti colline di quel luogo magico chiamato Irlanda.

Aritmie d'Irlanda

Aritmie d'Irlanda

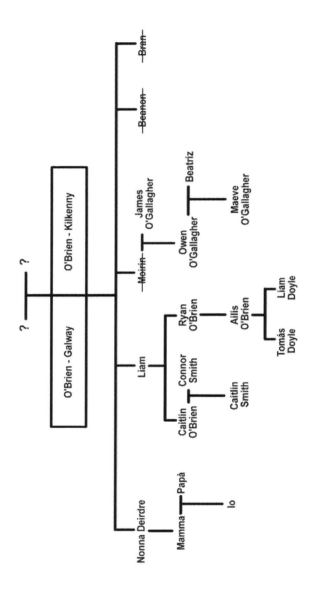

APPENDICE

CARDIOPATIE AD IMPRONTA ARITMICA

Il cuore è costituito normalmente da cellule disposte in maniera ordinata ed unite tra loro da delle giunzioni, chiamate giunzioni intercellulari. Nei pazienti affetti dalla Cardiomiopatia Aritmogena del Ventricolo Destro, la mutazione genetica induce la produzione di proteine cardiache difettose, che a lungo andare provocano il danneggiamento e la distruzione delle cellule cardiache. Tuttavia questo processo di solito non riguarda tutte le cellule cardiache, ma si distribuisce a macchia di leopardo; ne risulta che aree con sostituzione di fibrosi e grasso possono essere circondate da aree di cellule cardiache normali. Il danno delle cellule cardiache può portare da una parte alla dilatazione del ventricolo destro e dall'altra favorire l'insorgenza delle aritmie, dovute proprio alla disomogeneità tra cellule normali e cellule sostitutive.

SINTOMI PRINCIPALI

Cardiopalmo: sensazione di battito irregolare, in cui il normale ritmo cardiaco regolare viene interrotto da un battito anticipato seguito poi da una pausa. A volte il battito anormale può essere veloce e fastidioso.

Sincope: perdita improvvisa di coscienza con caduta a terra. La sincope può essere dovuta ad un'aritmia veloce del cuore. Quando l'aritmia è particolarmente grave può portare a morte improvvisa.

Scompenso cardiaco: questo sintomo è molto meno comune delle aritmie e compare quando la malattia è estesa.

N.B. L'importanza e la gravità dei sintomi è molto variabile tra i soggetti affetti, per cui ogni paziente deve essere valutato singolarmente.

ESAMI PER LA DIAGNOSI DELLA CARDIOMIOPATIA ARITMOGENA DEL VENTRICOLO DESTRO

Raccolta dettagliata della storia familiare e personale. Si tratta di ricostruire la storia clinica della famiglia. Qualche familiare, anche appartenente ad una o due generazioni precedenti, soffre o soffriva di aritmie? Qualcuno sveniva spesso? Qualcuno ha manifestato una sincope o è morto improvvisamente in giovane età?

Elettrocardiogramma. Serve a valutare la trasmissione del segnale elettrico del cuore e che viene ottenuto ponendo degli elettrodi sulla parete toracica e sugli arti. Nella Cardiomiopatia Aritmogena del Ventricolo Destro l'ECG può mostrate delle alterazioni del segnale che riflettono l'alterazione del muscolo cardiaco. In alcuni pazienti tuttavia l'ECG può essere normale o presentare delle alterazioni minori.

Ricerca dei potenziali tardivi. Si tratta di un elettrocardiogramma particolare che esamina il segnale elettrico cardiaco e valuta la presenza di una disomogeneità della conduzione elettrica, che può essere dovuta anche in questo caso all'alterazione del muscolo cardiaco.

Elettrocardiogramma delle 24 ore secondo Holter. Questo esame consiste in una registrazione continua del battito cardiaco per 24 ore. In questo modo può essere registrata e quantificata l'eventuale presenza di aritmie cardiache.

Test da sforzo al cicloergometro. Si tratta di un esame che valuta l'ECG e la pressione arteriosa durante lo sforzo. Viene di solito eseguito su una bicicletta fissa o sul tappeto rotante. Nella Cardiomiopatia Aritmogena del Ventricolo Destro questo test serve soprattutto per valutare come si comportano le aritmie durante lo sforzo.

Ecocardiogramma. Questo esame utilizza gli ultrasuoni per valutare la morfologia del cuore, quindi la grandezza ed il movimento delle camere e delle valvole del cuore.

Risonanza magnetica cardiaca (in casi selezionati). Questa tecnica permette di esaminare in dettaglio tutte le strutture del cuore. Inoltre è possibile distinguere la presenza di grasso ed eventualmente di fibrosi.

Cateterismo cardiaco (in casi selezionati). Questa procedura richiede un breve ricovero e consiste nella introduzione di un catetere attraverso l'arteria e la vena femorale. Il catetere poi viene spinto fino al cuore dove attraverso l'uso del contrasto si ottiene la visualizzazione delle arterie che irrorano il cuore, le coronarie, e dei ventricoli. Inoltre in casi selezionati durante la procedura è possibile ottenere un piccola biopsia del muscolo cardiaco, che può poi essere analizzata al microscopio.

Studio elettrofisiologico (in casi selezionati). Come il cateterismo cardiaco, lo studio elettrofisiologico consisite nell'introduzione di cateteri nelle cavità cardiache. Con questo esame viene valutata in dettaglio l'attività elettrica del cuore anche con le nuove tecniche di mappaggio elettro-ananatomico del cuore. Inoltre in alcuni casi è possibile eseguire l'ablazione.

Le informazioni sono tratte dal sito internet
www.gecaonlus.com dell'associazione Geca Onlus –
Giovani e Cuore Aritmico

INFORMAZIONI SULL'AUTORE

Monica Gazzetta è nata a Jesolo nel 1982 e dopo la Laurea in Psicologia Clinico-Dinamica conseguita a Padova ha svolto il tirocinio presso un centro di aggregazione giovanile, dove ha lavorato con ragazzi in abbandono scolastico, famigliare e lavorativo. Da questo "viaggio" ha tratto il suo primo romanzo dal titolo "Nota Stonata", edito dalla Booksprint Edizioni. Successivamente ha collaborato con l'associazione "Giovani e cuore aritmico Onlus" (Geca onlus). Scrive articoli per il magazine online Italish.eu a tema irlandese e attualmente vive e lavora a Dublino.

Aritmie d'Irlanda è il suo secondo progetto letterario, nato dal suo amore incondizionato per l'isola di smeraldo.

Aritmie d'Irlanda

Printed in Great Britain
by Amazon